MÉDITATION

EN

CHEMIN DE FER

OU

Des destinées de la Poésie dans ses rapports avec l'Industrie

PAR

ARTHUR DE GRAVILLON

Go head !
En avant !

PARIS

J. BRY AINÉ

Éditeur

RUE GUÉNÉGAUD, 17

LYON

BALLAY ET CONCHON

Libraires

QUAI DE RETZ, 6

MÉDITATION

EN

CHEMIN DE FER

MÉDITATION

EN

CHEMIN DE FER

OU

Des destinées de la Poésie dans ses rapports avec l'Industrie

PAR

ARTHUR DE GRAVILLON

Go head !
En avant !

PARIS	LYON
J. BRY AINÉ	**BALLAY** ET **CONCHON**
Éditeur	Libraires
RUE GUÉNÉGAUD, 17	QUAI DE RETZ, 6

1856

MÉDITATION EN CHEMIN DE FER

ou

Des destinées de la Poésie dans ses rapports avec l'Industrie

Il est dans le premier ébranlement d'un voyage plus qu'un frisson de plaisir, un étirement de bien-être, une fuite heureuse des fatigues et des soucis de la vie ; non-seulement la pensée qu'on va quitter tout ce que l'on connaît pour embrasser au loin tout ce qu'on ignore, emporte d'avance l'âme ailée du voyageur ; mais encore cette pensée s'engouffre dans son esprit, le remue en tous sens, le saisit par tous les bouts : elle le déploie soudain dans la pleine enverguré de son vol mystérieux. Un départ est une sorte de résurrection ; et vraiment lorsque l'homme soulève et rejette de côté la pierre toujours pesante de la réalité qui l'enferme, il se redresse de sa hauteur, ses yeux s'ouvrent, ses bras s'étendent, il marche et l'univers est tout entier devant lui.

I.

Aussi nulle disposition plus favorable aux sinueuses investigations de l'intelligence que celle où l'on se trouve en voyage. Alors l'air circule partout librement, en nous comme en dehors de nous. Le temps est léger; il s'envole sur la tête, tandis que l'espace se dérobe également sous les pieds. A droite, à gauche, défilent la nature et les hommes ; on les surprend sur le fait de vivre ; et la merveilleuse variété des visages et des horizons sollicite et se dispute les attentions les plus indifférentes. Ballotté sur les flots sans nombre de la vie universelle, comment ne pas s'émouvoir et ne pas sortir de son engourdissement intérieur? Dans ce roulement à travers le fouilli plein de soleil des choses créées, la commotion physique ne tarde point à s'imprimer au moral ; le corps secoue toute l'âme en lui versée. La vie double et déborde. Les idées s'éveillent au contact des images; elles s'appellent ou se poussent doucement du coude dans les longs dortoirs du cerveau ; puis, se levant curieuses et actives aux rayons du nouveau jour, leur ardent essaim s'élance et butine dans les champs indéfiniment déroulés de l'inconnu.

Du moins nous l'éprouvions ainsi, entre les parois d'un wagon du chemin de Paris qui nous enlevait pour un instant à la stagnante monotonie de nos habitudes lyonnaises. A peine arraché de la ville, notre imagination commença toute seule et sans notre ordre, de s'échapper et de gambader par la campagne, à l'envi des girandoles de fumée blanche que la locomotive laissait, après elle, s'accrocher, comme une toison, aux buissons effarés de la voie. Nous pensions à tout et à rien. Distrait, nous égrainions sur le tapis ondulé des plaines les perles capricieuses de la rêverie. Nous allions et venions, sans but, sans sujet, au gré des vents, de la vallée à la cime, de l'homme à Dieu, du caillou à l'oiseau, du réel à l'idéal. Il est si doux d'abandonner parfois son âme à la dérive d'un courant invisible dont le seul danger est d'être conduit de pensée en pensée et de plage en plage, jusqu'à l'océan du sommeil qui n'a plus ni bords ni pensée !

Cependant, comme une planche de salut, chemin flottant, nous rencontrâmes du regard un journal oublié sur la banquette à côté de nous. Un journal c'est un coup de feu, c'est un cri d'actualité, c'est une affiche de couleur collée au jour présent et qui tombe avec lui ; mais c'est toujours une page intéressante pour *nous qui vivons* et sommes sur la terre où cette feuille nouvelle puise sa sève et jette son ombre. Entre hier et demain il est un pont, sur lequel tout le monde passe, les moutons comme les bergers, c'est le journal. Nous laissâmes donc se dissiper nos songes, et déployant le papier public, nous prîmes, notre époque à la main, l'attitude d'un homme positif et sérieux.

Or, il se trouvait là, au milieu du bric à brac de l'étalage quotidien, la substance d'un bel et remarquable article portant pour titre : *la Poésie et l'Industrie*. Le rapprochement de ces deux mots, le côte à côte de ces deux mondes, nous parut curieux à suivre et à méditer. Dans la position où nous nous trouvions, prisonnier de l'industrie à la remorque d'une machine, libéré de la vie commune et rendu à la poésie dans l'étendue de notre loisir, nous ne pouvions rencontrer une question qui fût plus en harmonie avec la circonstance, et personnellement plus *palpitante d'actualité*. L'article, touffu dans ses réflexions, serré dans ses raisonnements, élevé dans ses considérations, fleuri dans sa forme, nous allécha tout d'abord. Nous en fîmes avidement notre pâture d'un quart d'heure, et longuement, lentement nous le ruminâmes. Nous allions à Paris; nous avions un jour d'assuré en chemin de fer contre les importunités banales de l'existence à domicile.

Phénomène étrange et mystérieux ! Résistance et

puissance instinctive de la vérité au fond de nous-
mêmes ! Nous ne pûmes, malgré le bon goût de notre
lecture, en faire descendre le suc spirituel dans notre
conviction ; d'arrières idées, d'intimes sentiments
repoussaient les sentiments et les idées que nous cherchions à nous assimiler. Nous nous trouvâmes bientôt
dans un véritable état de malaise moral. Nous n'avions
déjà plus entière confiance aux paroles de l'article
remuées dans notre mémoire, et pas encore de pleine
lumière au milieu de l'agitation de notre esprit. Mais
peu à peu le jour se fit à côté de la nuit, les nues
s'écartèrent, un espace clair reposa nos yeux. La con-
science de notre opinion nous apparut avec le désir de
la formuler. Evidemment l'intelligent et illustre auteur de *Poésie et Industrie* ne pouvait plus satisfaire ni
asseoir la pensée qu'il avait tour-à-tour caressée et
tourmentée en nous.

C'est pourtant un noble mouvement, une peur sain-
tement éprouvée, quoique peu fondée, qui a dicté à
M. de Laprade l'abondance de son écrit. Frappé de
l'envahissement général de l'industrie, il s'est de-
mandé si la poésie, elle aussi, n'était point menacée
de son flot accapareur et audacieux ; il a cru, en sa
qualité de poète, devoir accourir, tout armé, à la
défense de sa frontière. Il s'est indigné surtout de

l'ignorant orgueil de certains faux frères et faux prophètes appelant de leurs acclamations le règne de l'industrie et le saluant comme une ère nouvelle au nom de la littérature et des arts. Il a ri de l'accouchement bâtard promis aux machines en travail. Il a écarté d'une main superbe ces fauves accouplements du piston et de la lyre, de l'hélice et du luth, de la harpe et du marteau. En un mot, il a pris une poignée de verges et a essayé de chasser les vendeurs installés dans son temple olympien. Il a excommunié l'industrie.

Nous croyons, nous, et c'est là l'effort de notre protestation, qu'il a été trop loin dans l'excès et dans l'aveuglement de son zèle ; qu'il a calomnié et méconnu l'industrie ; s'il a balancé devant elle sa fronde comme David, l'industrie n'est pas une géante ennemie comme Goliath. Elle ne menace personne de sa voix de métal ; elle n'étouffera aucune vie de ses embrassements mécaniques. Sa destinée est celle du progrès et sa poésie sera celle-là même de l'humanité en chemin vers un campement meilleur !

Quelle que soit actuellement et dans le détail infime, la laideur physique et morale de la plupart de nos industriels et de leurs œuvres, nous avons foi dans la beauté du résultat général. Les souillures et les voiles de l'échafaudage, la grossièreté et les cris des manœuvres ne sauraient nous cacher entièrement la splendeur future de l'édifice immense; nous voyons, à travers les basses cupidités et les vils procédés, quelles lignes majestueuses se préparent aux yeux éblouis de l'avenir. Cette fièvre industrielle qui brûle les entrailles du siècle est bien une fièvre d'enfantement: il n'en sortira point, sans doute, une religion et une poésie destinées à remplacer celles qui sont à jamais fixées au fond et au-dessus de l'homme tel que Dieu l'a fait et tel qu'il se comprend lui-même; mais les muses, assemblées et non jalouses, attendent une sœur. La poésie de l'industrie s'élèvera radieuse du désert aride où tourbillonne la poussière; elle trouvera son bien-aimé et elle aura son cantique (1).

Dès à présent, par sa prodigieuse extension, elle occupe tous les espaces et toutes les intelligences. Impossible de faire un pas dans nos cités ou nos campagnes, sans voir son mouvement ou sa fumée : elle sillonne nos solitudes; elle est l'âme de nos sociétés; partout elle se dresse comme le plus grand évènement du monde. Le poète ne peut la fuir ni

---

(1) On l'a vue, cette muse nouvelle, on l'a saluée dans les antiques splendeurs des horizons indiens : elle s'appelle *Sita,* la *fille du sillon,* l'héroïne industrielle du Ramayana.

l'éviter : elle le harcelle, jusque dans le calme de ses nuits, de ses longs sifflements aigus. Il est forcé de l'admettre ou de la maudire ; et s'il ne s'accommode pas de sa puissance, s'il ne découvre en elle aucune sympathie, aucun élément d'harmonie, comment fera-t-il pour ne pas s'aigrir au milieu d'une époque où tout vit de l'industrie ?

Mais, heureusement, nous ne sommes pas le premier à constater l'existence d'une vaste poésie dans l'ordre de la matière organisée par le génie humain. L'auteur de Psyché a-t-il donc oublié qu'inspiré lui-même par les chemins de fer, il a tracé des vers aussi solides que leurs rails sur lesquels courent des pensées rapides comme leurs convois ? D'autres ont su également aborder l'industrie par son côté grandiose et traduire avec talent leurs justes admirations (1). Aucun cependant n'a prétendu, en ajoutant à sa lyre *une corde d'airain*, que toutes les autres dussent être brisées. Non, quelque développée que soit un jour l'industrie, elle ne reprendra pas la nature ni l'homme pour les refondre et les tirer transfigurés du sein d'un nouveau chaos,

---

(1) Se rappeler et relire le bel ouvrage des *Chants modernes*, de Maxime du Camp.

elle n'atteindra pas le ciel plus haut que Babel, mais elle aura sa place dans l'idée comme elle l'a dans le fait ; elle vibrera sa note, elle pourra dire : « Regardez ! *je suis noire , mais je suis belle ,* (1) moi aussi ! »

Qu'est-ce donc que la poésie? Il importe de se le demander avant de descendre dans les profondeurs encore peu explorées du sujet qui nous occupe ; quel est ce flambeau du cœur ou de l'esprit, dont le rayon colore et réchauffe tout ce qu'il éclaire ? Comment s'allume-t-il ? D'où part l'étincelle sacrée de la poésie ? Nul ne le sait, et chacun le sent. Renfermer en une phrase l'incommensurable idée ou frisson de la poésie est chose impossible sans établir par là même sa négation, puisqu'elle est essentiellement infinie ; la poésie se respire, répandue qu'elle est par l'univers et au delà ; atmosphère de Dieu et des mondes, elle enveloppe et enivre, à certaines heures, les âmes privilégiées ; mais en même temps elle leur échappe ; elle les remplit et les dépasse, elle est à leur cœur ce qu'une aspiration est aux poumons dans le plein air de l'étendue !

---

(1) *Nigra sum sed formosa.* C. des C.

Toutefois, il est juste de dire, par métaphore, que la poésie est, ainsi que la beauté, une transparence merveilleuse des choses créées, un écho lointain de ce qu'elles cachent par derrière. Le mystère que scelle l'atôme ou l'étoile contient, tout en le laissant vaguement rayonner, le secret profond des émotions poétiques ; sorte d'infiltration divine, le sentiment de la poésie frappe goutte à goutte le front ou le cœur qui l'attend ; comme une rosée, comme une manne, brillantes au matin des nuits pures, le poète recueille dans son âme déployée ou épanouie un rafraîchissement et une pâture qui est la poésie.

Tous la reconnaissent quand il la communique, tous la distinguent sans hésitation du bon ou de l'utile. Ils tombent sous le charme ; et qu'ils s'y laissent enchaîner ou qu'ils affectent de le repousser, tous ont éprouvé la différence d'une chose poétique avec celle qui ne l'est point. Il n'est personne qui confonde, au premier coup d'œil et au premier tour d'oreille, le chiffre et la fleur, le bruit et la note. Un sens intime révèle et sépare les deux réalités où un homme peut faire marcher son esprit : la réalité banale et la réalité sublime ; celle qui est positive et celle qui est infinie ; celle qui fait le temps et celle qui sera l'éternité ! Bien que tout se mêle, en nous et autour de nous, bien que les limites de l'âme au corps et des corps à Dieu tremblent et soient pour nous confuses, nous rendons sans l'expliquer et par instinct à chaque ordre ce qui lui appartient. Nous puisons à double source des eaux inconnues, mais auxquelles notre goût ne se trompe pas ; selon la soif de nos lèvres nous cherchons et trouvons dans la nature ce qu'il convient pour l'apaiser. Le monde, pelote embrouillée, proie vivante, est *jeté à nos disputes :* chacun va droit à son bout et à sa part ; ceux-ci, poètes, se repaissent de sa beauté extérieure et se délectent en reconnaissant les traces sensibles de la main qui l'a lancé ; ceux-là, bourgeois, en mâchent la chair, en font leurs étourdissements, leurs plaisirs, et leur fin ; les autres, savants, le dissèquent, ouvrent ses entrailles et se perdent dans leurs abîmes ; ces derniers, riches voraces, s'en arrachent les os de granit, et d'une dent avide en extraient cette moelle qu'on appelle l'or !

Toujours est-il qu'à un signe et à une attraction quelconque, la poésie, entre toutes choses créées, se reconnaît et séduit. Elle a un caractère particulier dans sa généralité. Si on ne peut dire ce qu'elle est, on peut au moins savoir quel est le secret de sa révélation ; comme Dieu, sa substance est indescriptible ; mais point son phénomène en nous. Or, un seul mot nous donne sa clef, clef quelque peu métaphysicienne, mais qu'il est utile de prendre avec soi avant d'aborder une thèse fermée à double tour, par la parole et le talent d'un adversaire.

L'harmonie, la noblesse, la grâce, le mystérieux ont tour à tour et souvent été essayés comme formule et talisman de toute poésie; aucun ne s'est trouvé universellement applicable. L'harmonie va à trop de choses pour s'approprier à une; il peut y avoir harmonie et non poésie. La noblesse est une qualité; elle n'embrasse qu'un point. Il en est de même de la grâce. Quant au mystérieux, indispensable sans doute, il se perd comme l'harmonie dans l'application générale de l'univers, où rien n'est sans harmonie ni sans mystère.

Que dire? La poésie se révèle et se perçoit comme un ACCORD entre les choses et l'homme qui les touche de sa pensée. Partout où il y a un de ces accords sur lesquels, nous l'avons dit, l'ouïe intime ne se trompe jamais, il y a poésie.

La science, l'industrie, qui n'est que la science appliquée, ont de même leur signe constitutif dans le RAPPORT d'un élément à un autre élément, d'une substance à un mode, d'un effet à une cause. Partout où il y a rapport, il y a science, il y a matière à exercer une industrie.

L'accord, c'est le but poursuivi par le poète ; le rapport, c'est le résultat cherché par le savant ou l'industriel. Les accords et les rapports, cachés ou endormis dans la création, voilà leurs rêves et leurs efforts à tous deux. Tel est ce qui les sépare, tel est aussi, nous le verrons bientôt, ce qui les réunit.

Qu'on ne nous reproche point de restreindre ni le rôle du poète ni celui du savant. Nous ne pouvons leur faire une part plus grande. Qu'est-ce en effet que l'homme sur la terre et quel est le champ de son travail ? Est-il maître ? est-il créateur ? Pauvre fermier de la vie, il occupe le globe, en vertu d'un bail mystérieux signé par un autre que lui. Il lui est permis de jouir et d'abuser ; il peut remuer le sol sur lequel il s'agite, le labourer ou le miner, l'aplanir ou en varier les contours, mais que sait-il ajouter ! que découvre-t-il qui n'y soit point ?

De même, il lui est loisible de creuser son propre cœur ou de l'élever, chargé de pensées ardentes, comme un lustre, sous la voûte des cieux ; il fera de son âme ainsi que de sa terre ; il la bouleversera ; il en tirera des secrets et des merveilles ; aura-t-il été plus loin que la limite de ce qui est !

I..

Les inventions humaines, de quelque ordre qu'elles soient, n'ont qu'une valeur, celle de *l'exhumation* ; on trouve, on ne fait pas ; on cherche, on ne crée pas.

Chercher dans la science, comme dans la poésie, c'est combiner, associer, mélanger ; c'est essayer de rapprocher des éléments dont le rapport ou l'accord, nouvellement révélés, constituent une découverte ou une donnée artistique. Tout le génie est là. Aussi entre-t-il beaucoup de hazard dans ses patients et obstinés efforts. Il serait vrai de définir le génie, une haute intelligence servie par le bonheur ; n'est-ce pas toujours une chance heureuse que celle-là qui fait frapper la pioche sur le coin retentissant d'un trésor caché ?

Constater des rapports, réveiller des accords, sont donc l'unique tâche et le seul résultat des chercheurs d'idées ou de réalité. L'industriel fait sa fortune de l'application d'un rapport. Le poète fait sa gloire de la traduction d'un accord. Or, entre ces deux hommes et ces deux choses qui résument toute essence et toute activité, nous allons rapidement mesurer la distance et saisir le lien.

Le rapport diffère de l'accord comme une preuve diffère d'un sentiment. Dès qu'il existe, il se peut démontrer, calculer, préciser. Il tombe sous le sens vulgaire ; chacun a la faculté d'en faire l'expérience et d'en vérifier l'étendue. Il suffit de savoir compter jusqu'à deux. Le rapport naît d'une simple comparaison ; et comme toute comparaison suppose un jugement, le rapport sera donc l'objet possible d'une discussion, d'une vérification, d'un essai quelconque de sa force comme trait d'union.

L'accord, au contraire, d'une nature plus mystérieuse, n'est point perçu par tous. A celui qui ne l'entend pas, celui qui le sent vibrer dans la délicatesse de son audition, ne le fera jamais comprendre. Il faut une oreille d'élite pour saisir un accord. Il ne résulte pas seulement d'une harmonie extérieure, mais de la triple sonorité de deux éléments étrangers combinés avec celle de l'âme qui se met à l'unisson. Aussi ne discute-t-on pas, ne calcule-t-on point l'impression poétique. Elle est ou n'est pas dans l'intimité du cœur. On l'éprouve et on ne saurait la prouver.

Il est facile de concevoir l'existence d'un rapport sans accord ; il l'est moins de supposer celle d'un accord sans un rapport caché ou apparent, imaginaire ou substantiel. La science se prive volontiers de toute poésie. La poésie serait nulle si elle n'avait pour base des connaissances indispensables à son langage même ; l'imagination n'est qu'une roue dont la mémoire fournit l'eau courante. Point de lumière sans un rapprochement d'où puisse jaillir la flamme ; point de vibration sans le contact d'un doigt et d'une corde étendue. La science des rapports est donc le préliminaire obligé de la révélation des accords. Plus un poète étudie, plus il devine ; plus il apprend, plus il entend. De chaque chose qu'il aborde, le battement incessant de son aile tire un accord nouveau. Il illumine la création à mesure qu'il en suit les détours. Ses pas créent des échos, ses explorations sont des explosions de vie ; là où le savant a passé dans le silence, lui il entre, salué par mille concerts.

Quand David nous représente les filles de Sion pleurant et chantant au souvenir de la patrie, sur les bords du fleuve de l'Exil, et qu'à notre tour exilés du ciel sur le fleuve du temps, nous chantons les magnifiques paroles de son psaume, certainement nous sentons s'émouvoir notre fibre poétique. C'est qu'en effet, il y a là un double accord élevé et reposant sur deux rapports : un rapport de fait et de comparaison entre nos âmes tristes et les filles désolées de Jérusalem, toutes étrangères au lieu où elles soupirent ; et, sur la scène même de Babylone, un rapport de réalité entre l'eau murmurante de l'Euphrate et les larmes qui vont couler avec ses flots. Si David eut fait pleurer les vierges , assemblées à l'intérieur , dans quelque cénacle, elles nous eussent bien moins attendris. Elles n'auraient plus alors, mouvante à leurs pieds, l'onde refléchissant leurs images confuses , recevant leurs pleurs, emportant au loin l'écho de leurs gémissements ; ni le ciel , etendu sur leurs têtes avec ses nuages et ses files d'oiseaux venus de la patrie , leur remettant vivement au cœur les plus doux et les plus déchirants souvenirs. Toutes les harmonies , tous les contrastes même , renfermés dans le *super flumina* , sont autant de sujets de rapports d'où s'envolent les accords ; autant d'embrassement et d'embrâsement d'où monte l'idéal encens de la poésie.

Aussi bien, l'eau, si poétique partout et par elle seule, l'eau qu'on a nommé l'*élément triste* , qu'est-elle autre que le produit constant d'un rapport ? C'est de l'oxigène et de l'hydrogène , combinés dans la proportion de un à deux , que se dégage , après tout, sous notre regard profond , l'immense poésie des eaux.

Faites l'épreuve, il n'est pas un seul mot brillant, pas un effet, pas une expression , pas une comparaison, pas une antithèse, pas une figure poétique, pas un accent sublime, qui ne cache un rapport positif et ne puisse ainsi s'analyser. Le rapport est le squelette nécessaire que recouvre la beauté vivante des plus charmants accords.

Or, le monde, ensemble de rapports, est aussi bien une harmonie d'accords ; tout y est matière à la science comme à la poésie. Dieu, à qui rien n'échappe, voit certainement d'un même regard de satisfaction ce qui nous paraît aride et ce qui nous semble enchanteur. Nous observons partiellement ; il contemple universellement ! A n'en point douter, une poésie immense plane au-dessus de nous et de tous les détails qui nous entourent. La terre, vue de loin et de haut, s'enveloppe d'une brume solennelle où plus rien n'est misérable, plus rien n'est indigne d'être aperçu. Les hommes se fondent les uns avec les autres, les choses s'adoucissent, le noir d'une vie désespérée n'est alors qu'une teinte légère et qui va s'effaçant ! Oui, tout a sa poésie dans l'œil de Dieu ! tout chante pour lui. A ses pieds, il s'élève des rapports sans nombre, un accord sans fin !

Pourquoi, sachant qu'il doit en être ainsi, ne nous efforcerions-nous point de considérer à la façon de Dieu ? Lui-même nous a dit de l'imiter ; et chercher à se grandir de son côté, ce n'est pas s'enfler d'un vain orgueil, c'est simplement s'achever !

La poésie, si elle a fait mainte fois le tour du cœur, est loin d'avoir accompli celui du monde. Sa destinée n'a pas dit son dernier mot. De même que notre industrie parvient à extraire chaque jour d'éléments plus divers tel arôme qui n'eût longtemps qu'une source connue, nous apprendrons à retirer une poésie de la substance en apparence la plus hostile. L'huile coulera de la pierre, la rêverie se dégagera de la machine.

Ne voyons-nous pas, en effet, d'âpres et ingrates réalités, toutes fleuries à leurs cîmes des plus douces émotions poétiques ? Quoi d'affreux, à première vue, comme le chiffre ? quoi de délicieux comme la musique ? Et cependant dans l'analyse, dans la cause, dans la loi secrète, l'accord des sons n'est que l'expression élevée du rapport des nombres (1) ; la science désolée est ici la base fondamentale de l'art consolateur ; poésie des poésies, parce qu'elle a le secret suprême et sensible des accords. La musique n'est autre que les mathématiques chantées ; sa mé-

---

(1) Nul n'ignore que la musique constitue une des branches les plus intéressantes des études *physiques*. Le calcul monte la gamme comme l'oreille. Telle ou telle note, c'est tel ou tel chiffre de vibrations. Ainsi est justifiée cette profonde parole de Moïse : « Tout a été créé en poids, nombre et mesure. » Et cependant tout déborde de poésie !

lodie, c'est la voix d'une équation qui se résout ; son harmonie, c'est l'unité entendue !

Qui s'étonnera, en reconnaissant la justesse de cette observation, de la témérité du poète allant demander aux sciences et à l'industrie progressantes un élan jusqu'alors inconnu ? Poète et savant ne sont-ils pas frères et ne possèdent-ils point, indivis, une part du même héritage : *l'univers !* Tous deux, loin des foules, égarent leurs pas, regardant ou écoutant, demandant aux solitudes le calme non interrompu des scrutations profondes, ou le silence fécond des méditations sublimes. Ils se rencontrent aux mêmes lieux, aux tournants des mêmes routes ; les mêmes spectacles les absorbent également. L'admirable matière leur tourne ses flancs et ses pôles, et chacun de son côté y trouve l'aliment de son ardeur et de son enivrement.

Leurs différentes manières de voir et de se placer fait seule leur spécialité. Le poète admire ; il rêve ; il se crée sous le soleil des mondes de chimères ; tout lui est bon dans la nature pour faire son nid d'illusion, et sur la première branche qui tremble au vent, il confie et il berce sa pensée fécondée. Mais qu'est-ce au fond que cette nature si séduisante et si indifférente ? qu'est-ce ? Le savant rit dans son laboratoire. Lui, il ne voit partout que des gaz, des corps, des fluides : votre crépuscule, il vous le tirera au clair dans ses explications physiques ; vos étoiles, il les noiera dans son algèbre ; vos horizons, il vous les fera toucher du doigt ; vos vapeurs, vos fantômes, il vous les dissipera ; votre belle nature, il vous la mettra en cornue, et, la décomposant froidement, il nommera tout, sauf votre poésie !

C'est que la poésie échappe aux doigts, à l'analyse, à la démonstration ; elle ne tombe pas sous les sens vulgaires et grossiers. Cependant elle est en tout : cela est incontestable. Si vous niez qu'elle se trouve dans l'industrie, ne peut-on également vous contester qu'elle soit dans la nature, machine énorme qui vous enfante, vous engraisse, vous roule quelques années autour du soleil, qui regarde ce que vous faites, puis vous reprend brutalement sous ses engrenages pour alimenter et reproduire d'autres vies dans la perpétuité de son mouvement !.....

L'industrie est à l'homme ce que la nature est à Dieu : un monde organisé. La même matière leur est commune. Ce qu'il est de poétique dans les variétés de cette matière, toute frémissante encore de la voix créatrice qui l'a appelée du néant, s'étendra donc aussi sous les pas de l'industrie ; mais une poésie spéciale appartient, nous le prétendons, au nouveau monde découvert par elle avec le navire toujours à la voile du progrès : comme la nature fait rêver de Dieu, l'industrie, seconde nature superposée à la première, fait rêver de l'homme. L'une est la poésie de l'infini entrevu, l'autre, la poésie de l'indéfini prévu. Ce n'est plus le génie divin et son éclair insaisissable, sans fin ni commencement, mais c'est le génie humain ceignant, comme un paisible arc-en-ciel aux sept couleurs, le globe embelli et dompté.

Après avoir été chercher ainsi notre élan dans les profondeurs de la philosophie, nous respirons à présent plus à l'aise sur un terrain franchi et dont nous sommes maîtres. Il est donc établi que la poésie est semée dans le champ de l'industrie comme dans celui de la nature ; il est certain qu'elle s'y trouve, puisque la matière créée en est le fond mystérieux, puisque l'homme s'y rencontre partout dans l'effort et dans l'activité de son intelligence ; nous pouvons désormais en parler librement. Nous manquerons plutôt à un si vaste sujet qu'il ne manquera à notre haletante exploration. Quelques traits jetés çà et là sur la toile immense suffiront pour ébaucher une idée que des mains plus fermes que la nôtre achèveront de peindre un jour.

Non-seulement la poésie s'inspirera des merveilles de l'industrie et lui devra de magnifiques accents, mais dans le passé quelle protection en a-t-elle reçue? quelle aide en a-t-elle tirée ?

Seul, tombé nu au milieu d'une nature sauvage, l'homme n'a pas dû prolonger longtemps la tristesse de son premier regard; il a essuyé ses yeux où naissait la poésie dans une larme, et il a été au plus pressé, au travail, à la nécessité, à l'action. Bien des jours se sont écoulés sans qu'il connût d'autre repos que celui de ses nuits et d'autre douceur que celle des embrassements de sa mélancolique compagne; il fallait se vêtir, se bâtir un abri, chercher sa nourriture, ce pain quotidien que Dieu ne donnait alors qu'à la sueur, frayer des chemins dans cette forêt ronde qui couvrait la terre comme une chevelure inculte. L'homme traînait l'heure, il ne courait pas après elle dans l'oubli de lui-même; il ne savait rêver qu'au milieu de son sommeil accablant; rêver c'est s'écouter vivre. Il se serait entendu mourir s'il eût cessé un instant d'agir et d'agiter sans cesse la terre autour de lui pour ne pas y enfoncer sans retour.

Ainsi, dès l'origine, la hache a, précédemment à la lyre, retenti dans les échos des bois. L'industrie a commencé à façonner le monde : premier besoin des hommes elle a été leur première pensée ; ils ont travaillé même avant de prier.

Plus tard seulement, quand, assurée contre la mort et protégée contre les éléments, la pauvre créature n'eut plus à trembler dans son corps, la main le céda à l'esprit, le pied à l'idée, la préoccupation à la contemplation ! Alors fut comprise la nature, alors aussi fut bénie l'industrie. L'homme, après l'œuvre de Dieu, pouvait légitimement regarder la sienne et dire aussi : *cela est bon !*

L'industrie acquit dès ce moment son droit de poésie ; elle était l'arme de la vie : à côté de la douleur elle représentait le travail qui la chasse ou la distrait ; elle avait fait tomber sur la terre, deux fois émue, après le pleur de l'exilé, la goutte de sueur du condamné !

Mais, ce n'est pas tout : protectrice de l'enfance du sentiment poétique, ce sentiment, grandissant et prêt à éclore, allait bientôt revenir à elle lui demander un mode et une puissance d'expression ; après s'être timidement relevé vers le ciel pour y chercher l'inspiration, le génie de l'homme devait se pencher de nouveau vers la terre pour y trouver l'information. Après avoir rêvé, il dut agir ; après avoir vu l'idée descendre radieuse sur son front, il dut saisir à ses pieds le corps obscur et lourd destiné à la fixer et à la rendre sensible ; il retourna à l'industrie pour donner vie et réalité aux sublimes conceptions de sa poésie.

Jabel, Noëma, Jubal, Tubalcain, vieux industriels dont les noms sont restés flottants par dessus les eaux du déluge, furent les devanciers et les assistants nécessaires des premiers arts. L'existence de la musique, par exemple, suppose le travail et la composition des instruments qui en produisent les sons : il en est de même de toutes les manifestations extérieures de la poésie ; on n'anime pas la matière sans lui faire violence. Le poète est obligé d'avoir sans cesse à la main un glaive ou un outil. Que ferait le sculpteur si l'industrie n'avait auparavant scié le bloc de marbre au flanc du rocher, et mis entre les doigts de l'artiste un fer frappé sur son enclume ? N'est-ce pas elle qui a tissé la toile du peintre et l'a tendue au souffle de son caprice ? Elle qui a patiemment composé les couleurs de sa palette en les extrayant, comme un miel, des plantes ou des métaux ? Elle qui bâtit la pensée de l'architecte ; elle qui fond le cuivre sonore ; elle qui fait vivre ; elle qui incarne ; elle qui, de ses ailes actives, couve le germe idéal et tire elle-même chaque jour, de son sein brûlant, le bronze d'un rêve que lui a confié tout bas quelque esprit créateur ?

I...

Nous cherchons en vain un art qui ne soit redevable à l'industrie de la moitié de son existence : la poésie, proprement dite, semblerait peut-être plus indépendante par la spiritualité de son mode de traduction ! Le langage est en effet versé en nous comme une eau céleste, et nous n'avons besoin que d'ouvrir nos lèvres et de presser notre intelligence, pour qu'il coule dans la chaleur et dans la teinte qui constituent notre intérieur et notre individualité. Mais encore, qui donnera la perpétuité à nos paroles ? Qui transmettra aux âges nos pensées exprimées ? Qui fixera et recueillera ce qui sort de notre âme dans la portée de notre voix ? Une industrie : celle de l'écriture. Qui fera plus tard circuler l'écriture à son tour comme le sang vital des sociétés, et portera un même aliment d'une extrémité à l'autre, d'un génie à un ignorant : l'imprimerie ! Gloire de l'industrie, fécondité de la poésie, la presse, cette machine d'idées, a accompli à elle seule la plus grande des révolutions humaines. Il y a un monde au delà et un monde en deçà ; elle est la croix sur laquelle s'est consommé l'œuvre du réveil et de l'éducation des peuples. L'intelligence, incarnée et sublime, s'y est clouée d'elle-même et y a, de son flanc à jamais déchiré, fait jaillir le flot sauveur : elle crie sa soif, elle s'épuise, elle jette son soupir ; mais c'est pour renaître et enfanter, c'est pour élever le monde qu'elle se sacrifie ! Le barbare peut passer devant elle en branlant sa tête creuse ; bientôt sur son obscure poussière rayonnera l'idée ressuscitée. Aux abords de la presse, comme à ceux d'une table sainte, les générations affamées et recueillies viendront réclamer la communion universelle de l'intelligence !

C'est donc à une œuvre industrielle qu'appartient l'avenir comme le présent de ce qu'il y a de plus immatériel sur terre, la pensée ! Sans une machine, mise en mouvement au xve siècle, que de songeurs n'auraient rien songé ? Que de chanteurs seraient restés muets ? Que d'inconnus à eux-mêmes eussent traversé la vie, inutiles et oubliés ? Le silence et l'ombre du sépulcre auraient scellé dans leur mystère insoulevable l'ombre et le silence d'une foule d'hommes aujourd'hui célèbres par le bruit qu'ils ont fait et la lumière qu'ils ont apportée : nous-même, scrutateur chétif, où aurions nous l'esprit à cette heure ?... Hélas ! peut-être serions-nous plus heureux plongé dans l'ignorance et dans la nuit intérieure ; mais ce n'est point à son bonheur que l'homme doit se mesurer, c'est à son devoir ! Or, il lui est commandé de croître, d'avancer, de monter, fusse sous le poids du jour et du soleil ; il n'en pourra plus de fatigue, il sera du moins sur la hauteur ; et s'il expire à la tâche, ce sera plus près de Dieu et en lui obéissant !

Il en est qui s'effraient de ce développement de l'industrie. La prodigieuse extension des moyens les fait trembler pour la poésie qui en dispose. Ils disent que les prodiges industriels sont des révoltes, que les merveilles matérielles sont des menaces pour les splendeurs artistiques. Ils voient le jour où le maître sera foulé aux pieds de ses esclaves et où la poésie disparaîtra sous les rouages tout-puissants de l'industrie

Nous ne comprenons point ces lugubres augures. Elles partent de cœurs moroses, d'esprits froissés, et qui méconnaissent l'évidence. Comment croire au délaissement de la poésie dans le monde utilisé et perfectionné, sans désespérer aussi de toute spiritualité humaine ? Et comment imaginer que la plus complète manifestation du génie sera le signe de l'abrutissement le plus absolu ! Est-ce que le travail, cette sainteté du corps, cette expiation de l'âme, ne serait chose maudite plutôt que bénie s'il avait pour résultat, comme on le prétend, d'étouffer la pensée ? Bien au contraire, après un nouveau pas fait dans la conquête de la matière, l'esprit se reposera en s'élevant au-dessus de son œuvre pour la mieux voir. Ce regard suprème, semblable à celui que jeta le Créateur au bout de six jours d'action, sera un éblouissement et cet éblouissement sera une extase, un ravissement, une reconnaissance, une poésie.

En ce moment de débat et d'inquiétude, quelques industries peuvent bien, il est vrai, disputer le pain à quelques arts. Des inventions purement mécaniques jouent le talent. La machine singe l'homme. Mais doit-on redouter de pareilles concurrences? L'art, reconnaissant derrière lui le daguerréotype, a-t-il donc à craindre pour sa destinée? Sans doute le photographe, séduisant les bourses timides, l'emporte aujourd'hui sur l'artiste dans la vogue des choses à bon marché. Mais qu'est-il par rapport à lui, si ce n'est un joueur d'orgue de barbarie insolemment arrêté sous les fenêtres d'un musicien et lui serinant ses propres airs avec une désolante précision? Reproduire ce qu'on voit extérieurement, est-ce donc le but suprême de l'art? Non; l'art consiste à faire saillir ce que d'autres ne distinguent pas, à regarder ce qui est invisible et à rendre saisissant pour tous ce qui échappait à tous.

La photographie, comme n'importe quel procédé plus ou moins ingénieux et approximatif de l'art, aura beau faire, elle ne s'enflera jamais aussi grosse quelui. Elle restera dans son élément, où elle crèvera, sans que l'art, aux formes puissantes, aux grands yeux rêveurs, s'en aperçoive seulement en continuant de fouler au loin l'herbe et les fleurs de son champ immense.....

Pour émouvoir, l'industrie toute seule ne peut rien. L'âme ne salue que l'âme ; l'aigle ne reconnaît que le cri de l'aigle ; on ne les trompe ni l'un ni l'autre. La valeur d'un produit ne sera jamais celle d'une œuvre. Isolée, révoltée, exaltée sur elle-même, l'industrie n'aboutira qu'à des tours de forces qui étonneront l'artiste, mais ne l'intimideront pas. La foule accourra et ses cercles pressés entoureront le prodige ; elle applaudira, mais elle ne vibrera pas dans la commotion d'une secousse sublime. L'électricité, ce fluide qui a le mot de l'avenir industriel, pourra faire tressaillir les corps ; mais, sans notre participation, communiquera-t-il aux cœurs une seule étincelle de poésie !

Quelque proportion que prennent donc les applications matérielles, non-seulement il n'y a pas à s'en effrayer, mais il est juste de s'en réjouir : c'est là une puissance, une force, un empire, qui se prépare au service de la poésie et des arts.

Cette force avisera aux besoins; elle veillera pendant que le poète rêvera, elle s'offrira encore à lui lorsque, redescendant des hauteurs de l'inspiration, sa main fiévreuse cherchera à tâtons un moyen de s'exprimer, une pierre pour y graver en hâte les accents du Sinaï. Plus encore! à défaut des régions célestes elle lui ouvrira ses perspectives terrestres; elle l'appellera au milieu de ses fourneaux et elle lui montrera, là aussi, un monde de poésie en fusion!

Il est temps d'être sincère. Le mensonge, la fable, la chimère, ont usé leurs attraits. La vieille muse s'en va, branlante, le chef ridé, s'affaisser dans quelques vieux fauteuils de nos académies ou de nos greniers. Nous ne lui ferons pas de funérailles; la poussière reprendra elle-même la poussière. Ce ne sont plus aujourd'hui les fictions qui nous passionnent ou nous charment; c'est la vérité de la vie. Le cœur mis à nu, le Dieu saignant, la nature réelle, voilà nos éternels motifs. Déjà nous avons fouetté sans crime de lèse-poésie, les sottes divinités de l'Olympe. Déjà nous avons chassé de la nature, pour la mieux contempler, la tourbe, si longtemps chère aux poètes, des Sylvains et des Faunes. Déjà nous nous sommes secoués nous-mêmes de dessous l'affublement ridicule des sentiments de théâtre. Déjà notre cœur est à nous, la nature devant nous, et le vrai Dieu nous est rendu ;

C'est beaucoup ; à coup sûr ce sont là de grands événements. Ils ont désormais leur impulsion irrésistible dans cette soif du bien et du vrai, que le Christianisme a excitée dans les âmes ; soif du bon sens après tout ! puisque croire aux mystères du dogme, c'est en même temps comprendre les réalités de l'existence, telles que ces mystères nous l'expliquent, tout inexplicables qu'ils sont eux-mêmes ! Sûrs du ciel, nous voulons également être certains de la terre. Nos esprits n'ont plus besoin de se battre les flancs pour se créer une destinée ni une poésie imaginaire. Ils savent à quoi s'en tenir en ce monde comme en l'autre, et leur chant ne peut plus être que celui de leur foi. Cette habitude de pâture positive ils l'apportent et la conservent dans toutes leurs pérégrinations. Le poète chrétien est forcément *réaliste*, il ne s'inspire que de ce qui est, il chante Dieu tel qu'il se révèle, la nature et l'homme tels que Dieu les a faits ; il brise les idoles et il n'élève son pur encens que vers un ciel purifié.

Le bienfait de nos révolutions littéraires ou sociales est précisément dans ce retour violent et unanime à la vérité. Les orages humains ont successivement rejeté, hors des eaux tourmentées de chaque siècle, les préjugés, les conventions, les fausses croyances, en un mot toute cette immonde écume qui encombre et obscurcit leurs flots. Au fond de notre grande et limpide époque, nous voyons enfin le courant de l'humanité active, et à sa surface immense nous reconnaissons le céleste azur.

Cet azur au-dessus du courant laborieux, c'est la poésie étendue sur l'industrie! A la portée de tous, tous comprendront sa nouvelle beauté. Elle-même verra se réfléchir dans son sein les images contemplatives et penchées de la multitude accourue sur ses bords!

Une ère nouvelle se prépare. On ne traitera plus le poète de fou, d'égaré, de visionnaire. Il ne sera que l'écho et le reflet sensibles de la réalité de son temps. On ne se moquera plus de ses songes; ses songes seront la vérité chantée; on l'écoutera non pour s'étourdir, se griser un instant le cœur, mais pour se reconnaître, se sentir soi-même, s'élever d'un degré sur son échelle de chaque jour. Il sera le timbre du monde, et quelle que chose qui frappera en passant sa coupe émue, il rendra son magique accord. Le travailleur le plus obscur entrera en communication avec le poète le plus sublime; il entendra sa voix du milieu de son champ et de son sillon; et soudain se relevant, l'outil à demi enfoncé dans la terre fumante, s'il ne porte pas la main à son front, il la portera à son cœur, pour y recueillir les accents sincères et partout répandus de cet *Angelus* de la poésie humaine!

Ainsi le poète sera saint parce qu'il sera utile. Platon ne l'éconduira plus, couronné de vaines fleurs, hors de la République. On ne l'appellera plus un *moineau lascif* (1). Ce sera une créature ailée; vivant cependant au centre des cités, il suspendra sa harpe aux corniches de nos temples; l'agitation du forum la fera vibrer mieux que le zéphyr inutile des forêts. Homme d'action, il aura sa mission sérieuse et son influence profonde. Sa parole, quoique belle, harmonieuse, inspirée, participera de la force attachée aux réalités. Elle prendra pied dans le domaine positif; et elle n'en partira que d'un élan plus ferme, plus mâle, plus durable. L'œuvre y gagnera comme l'auteur.

Il n'y a point à hésiter. La poésie doit se mettre au pas de l'humanité actuelle ou mourir délaissée dans l'ornière du chemin. Emportés par le mouvement industriel, nous ne pouvons plus revenir à elle; qu'elle aille donc à nous et avec nous où nous allons!

---

(1) Veuillot, *Libres Penseurs.*

qu'elle se fasse à tous comme la charité. Moins fière elle sera plus choyée, et qui sait quels trésors cachés elle découvrira en se baissant un peu ou en daignant s'abriter sous le toit du pauvre journalier! Le monde est lancé, que la poésie le rattrape, elle est en retard, elle qui devrait l'éclairer en avant!

Mais, dès à présent, où en est la poésie dans ses rapports avec l'industrie?

Sur l'autorité d'Homère et de quelques créateurs de son ordre, les rhéteurs, ces geôliers de la poésie, ont bien voulu laisser passer certains traits, certaines descriptions dues aux effets et aux tableaux de l'industrie. La faux, la charrue, le tour, l'enclume, l'aiguille, etc., ont été naturalisés poétiques. Pourquoi pas le rabot, la scie, la bobine, le mortier, le poinçon, etc., par cette seule raison que de grands poètes, sur la foi desquels on put jurer, ne les ont point encore marqués de leur sceau comme espèces valables en poésie. Autrement il serait triste de penser que l'enfance et le bégaiement des choses est plus propice au sentiment poétique que leur perfectionnement et leur usage intelligent. Quoi! vous trouvez un certain charme à considérer la vieille, assise au seuil usé de sa porte, saccadant du pied la manivelle criarde de son rouet jauni, épuisant elle-même le fil de sa vie, pour laisser après elle une pelote de chanvre de quelques coudées; et vous n'aurez aucune émotion en présence de la jeune fille qui, jouant de sa main derrière la petite fenêtre où le soleil va taquiner sa joue inclinée, tire sans efforts d'un engrenage d'acier plusieurs lieues d'un fil blond et fin comme ses grands cheveux !

Les forges de l'imbécile Vulcain vous attirent parce que vous y entrez, timides, derrière le talon des ombres illustres qui n'ont pas craint les premières de les aborder ; mais celles du maréchal-ferrant du faubourg sont bien autrement vraies, bien autrement ardentes, bien autrement retentissantes : pourquoi passez-vous sans les admirer! Là, se forge à blanc la véritable poésie; Là, les marteaux sur l'enclume carillonnent l'avenir ; là, des entrailles toujours gonflées du soufflet, monstre accroupi dans l'angle obscur, sort le vent qui alimente; là, s'élève et s'abaisse à nu le bras bruni du travailleur, et ces reflets rougeâtres, qui embrasent sa face ruisselante, aux éclats des étincelles, sont aussi des reflets du foyer central de la poésie dont voilà un des volcans!

Non! esprits pusillanimes, vous ne tracerez point un cercle banal autour de la poésie! Elle n'est pas la chanson de la nourrice au nouveau-né qu'elle étonne, puis endort; elle est le cri de l'âme qui se comprend et se possède dans la plénitude de son développement et de sa liberté. Sentez et traduisez : vous êtes poètes. Peu importe le nom des pays perdus d'où vous rapportez vos impressions vivantes! On ne vous demande pas d'où vous venez, poètes mystérieux ; on ne vous demande qu'à faire, à tout hazard, le voyage sur vos admirables traces. Nos désirs débordent comme nos populations; soyez audacieux et trouvez-nous des Amériques pour les coloniser!

Il n'est pas absolument vrai, comme on l'a dit, que nos poètes contemporains détournent d'autant plus leurs regards de l'industrie, que celle-ci grandit et s'illustre davantage. S'ils se taisent devant elle, ils n'en sont pas moins pénétrés de la grandeur et de la rapidité actuelle de son développement. Ils sont sous le coup de l'impression. Ils attendent, au contraire, d'un œil curieux et ébloui, la merveille de chaque jour. Quel est le véritable poète que ne toucherait point l'annonce de quelque grande découverte industrielle ? Tous sont saisis par l'aspect de nos machines, et s'ils ne les célèbrent pas encore dans leurs accents, c'est sans doute par cela même qu'elles sont neuves et montées d'aujourd'hui. Ce n'est point sur l'évènement, au moment de son émoi et de sa réalisation, que la poésie, prompte à effaroucher, vient se poser et chanter.

Elle ne compose pas son nectar avec la grappe nouvellement cueillie ; mais elle la laisse fermenter dans la cuve du temps pour l'exprimer ensuite sous son pressoir. Le poète ne bougera pas s'il n'a la perspective du lointain qui l'attire ; il n'aime que le monument noirci des ans ; et il préférera toujours pour y accrocher sa lyre (puisque lyre il y a), un vieux clou oublié au piston neuf et intelligent qu'il a vu naître et respirer.

Homère et les autres ont fait de même, selon leurs époques ; ils n'ont dépeint que les œuvres déjà antiques de l'industrie ; celles qui avaient la double poésie : de l'invention et de la survivance humaines. Combien de machines et d'ustensiles, alors actuels et sans poésie, nous sont restés inconnus ? et que ces objets, retrouvés dans la poussière des âges, tout empreints des traces des générations écoulées, seraient à présent poétiques à nos yeux ! Supposez Paris enfoui subitement, comme Pompéi, sous une pluie de cendre ; quelques siècles après, chacun de ses pavés serait un bijou de poésie.

Notre industrie est trop récente, trop secouée de surprises, pour qu'elle puisse se revêtir encore d'une couche d'idéal. L'action repousse le rêve ; ce n'est point sur le champ de bataille que se respire l'air vital de l'épopée. Il est impossible, sans se retirer à l'écart, de voir d'ensemble un fait et sa poésie; à la nage on ne juge pas de l'harmonie des eaux. Partout le choc de la réalité a quelque chose de brusque et de brutal qui désenchante le cœur ; celui-ci se referme et se replie alors tout entier dans sa coquille, comme le sensible escargot, pour faire face aux dangers ou au positif de la vie.

Cependant, nous plaçant à une distance indépendante du mouvement industriel, nous promenant pensif, sur le bord de cette mer montante dont les flots sont des roues écumantes de vapeur, nous reconnaissons déjà, flottant sur l'horizon, les grandes lumières et les grandes ombres de la poésie.

Comme il est arrivé qu'au soir du siècle dernier, tout-à-coup on s'est aperçu que la vraie poésie de la nature, cependant épanouie au soleil depuis six mille ans, n'avait pas encore été regardée ; nous, après d'autres, battons des mains en voyant l'industrie, longtemps méconnue, s'avancer à son tour sur la scène poétique ; jusqu'à Rousseau, Bernardin de Saint-Pierre, Gœthe et Châteaubriand, on n'avait, le croirait-on si ce n'était l'histoire, appuyé son cœur sur le clavier sonore et en vain étendu de l'immense nature. Ne s'étonnera-t-on pas de même plus tard, et bien davantage, des oppositions de quelques-uns aux fouilles poétiques tentées à cette heure, dans les profondeurs de l'industrie! Enfants sur le sein de la nature, notre mère, nous ne la connaissions pas! Sur celui de l'industrie, notre nourricière, nous mordons, ingrats, tout en suçant le lait!

Venez, entendez et voyez!

Ce pâtre, là-bas, au fond du paysage, allumant sur le flanc du côteau son petit feu de broussailles séchées, ce pâtre, immobile, avec son troupeau épars autour de lui sur la bruyère et son chien attentif à son côté; ce pâtre, solitaire et lointain, dont la chanson nous arrive en mélancoliques lambeaux, vous l'aimez, poète! Quant à nous, si nous avions l'honneur et la liberté de vos dons divins, nos sympathies seraient à l'autre horizon: ce chauffeur, debout sur sa machine comme un triomphateur sur son char; ce noir chauffeur, attisant la braise furieuse, tenant d'une main cent destinées confiées à l'emportement de sa course, s'enfonçant dans l'espace et traînant avec lui, à travers les cités et les montagnes, les hommes, les choses, le progrès, la civilisation, l'avenir! O ce chauffeur, pâtre de l'humanité, qu'il se dresse plus sublime sur la voie infinie de notre pensée!

Près de là, quels sont ces fils suspendus? — Les fils argentés que l'aurore, aux doigts de rose, fait envoler dans le demi-jour des airs et reposer flottants, vers midi, aux petites branches fleuries des haies, — Non ! ces fils électriques dont les lignes pressées, tremblant dans l'azur, s'étendent altières sur les sillons des peuples ! ah ! n'est-ce pas eux que cherchera le poète, eux qui jettent instantanément une même pensée d'un hémisphère dans un autre hémisphère ! eux qui relient le monde, et d'un coup de sonnette avertissent le pôle nord de la visite imprévue du pôle sud !

Nous te saluons, électricité, génie de l'univers ! C'est toi qui as le secret et la puissance : te connaître, c'est tout savoir ! te suivre, c'est rencontrer Dieu ! Oui ! si nous avions besoin d'une idole vivante ; si, païens encore, il nous fallait inventer une divinité, c'est devant ton *spectre* que nous nous prosternerions !

Qu'est-ce que ce cri qui vous charme ? Le grillon monotone, au fond de l'herbe haute, perdu dans la campagne, élève, scintillante comme la lumière de l'étoile, sa voix triste aux abords de la nuit. Mais ouvrez mieux l'oreille, rêveur engourdi ; écartez mieux les yeux ! Là, au fond du ravin noir, où vaguement s'agencent les toits inégaux du bourg couronné de brume, ne voyez-vous pas s'allumer cette petite lumière, n'entendez-vous point ce bruit de la lime, triste aussi, patient, monotone, prolongé bien avant dans la nuit harmonieuse ? Ici, rêvez et priez : c'est le pauvre ouvrier qui veille et travaille ; c'est le père qui coupe laborieusement le pain dur de ses enfants et l'attendrit de sa sueur ; c'est encore l'industrie s'entendant avec l'amour pour ne pas dormir et faire vivre !

Ainsi, à chaque pas, soit purement idéale, soit sous forme sensible, la poésie de l'industrie se révèle à nous, promeneur de hazard. Qui a installé, dans sa coquetterie rustique, le moulin au tournant de la rivière? Qui a élevé la bonde et dressé le canal éploré de perles humides à l'ombre de la chaussée de l'étang ? Le touriste, attiré par le bruit mécanique du traquet doucement mêlé au bruit monotone de l'écluse ébranlée, séduit par l'aspect et la fraîcheur du lieu, s'arrête : il choisit sa pierre, déploie son parassol et tout l'attirail industriel de son bagage d'artiste. Son œil et sa main s'enivrant, il s'oublie ; le jour tombe, il s'en va. Mais l'art possède un tableau, et la grosse roue verdâtre d'un moulin tournera plus longtemps dans son image poétique que dans sa réalité mécanique.

Vous le savez, dans la beauté même des paysages, entrent, comme élément, les fabriques, les ponts, la circulation commerciale des routes, ou le passage des cheminées à vapeur, dont les longs panaches bleus vont s'entremêler sur les rives aux panaches verts des peupliers immobiles. Toute cette variété de travaux, opérés par l'industrie et qu'on appelle *des travaux d'art*, entre enfin dans une liaison intime avec l'ensemble de la nature, d'où émane alors une plus complète poésie.

Demandez au vieux marin s'il est beau, son navire! L'avez-vous vu, un jour, bondissant à la mer lorsqu'il s'élançait tout armé, des vastes chantiers de l'industrie? L'avez-vous vu, du haut de la falaise, où sont montés, avant vous, les femmes et les enfants, apparaître au loin, bien loin encore; on le dirait immobile, comme un point noir sur la grande ligne pâle de l'étendue. Cependant le long vent qui l'amène, soufflant sur les rochers de la côte, semble s'y cramponner pour mieux le tirer derrière lui : peu à peu on distingue la pointe des mats; le clair de l'horizon découpe les vergues et les cordages; il se dessine dans l'espace; il tient sa place dans l'immensité. Ceux qui l'attendent élèvent déjà leurs signaux : ses grandes voiles joyeuses palpitent moins fort que leurs cœurs! Il avance, il grandit! Ses formes magnifiques s'arrondissent et se balancent sur le sein doux et perfide des ondes; sa proue découverte, inclinée et relevée tour à tour, salue mille fois le rivage retrouvé de la patrie... Le voilà ! fier, puissant, sublime, l'océan sous sa quille, le ciel sur son drapeau, monde suspendu et calme entre deux abîmes sans fond ! Allez, suivez le peuple accouru, allez au port, dont l'âpre parfum monte jusqu'à vous, et là, pendant que les mains, les yeux, les lèvres se pressent et s'enivrent de l'absence enfin comblée; pensif, croisant vos bras, contemplez à l'ancre sur les flots ce colosse voyageur, cette merveille hérissée de mâtures, ce dieu aux flancs énormes, ce mont industriel qui, lui aussi, a ses sentiers, ses bois, ses ombres, ses lumières, ses grottes cachées, ses saillies, ses plateaux, ses pentes, ses sapins, sa population active sur son volcan mystérieux, ce mont ruisselant auquel la voix d'un homme va dire : *Ote toi!* et qui s'en retournera docile et silencieux à l'autre extrémité de la terre... Ah ! soyez muet et contemplez encore !

Qui n'a éprouvé l'attrait des spectacles laborieux ? Qui ne s'est senti attaché et retenu par le travail même, devant le batteur de blé ou le batteur d'or, devant le paysan courbé sous la nuée, ou l'ouvrier sous la poulie ? Qui a passé sans retourner la tête devant la cour encombrée et odorante d'osiers du tonnelier, cerclant sa douve retentissante ? Qui n'a aimé, ne fût-ce qu'enfant, ses petites mains derrière le dos et d'un air ravi, à considérer longuement le charron, le bûcheron, le tourneur, le maçon, le tisserand, le savetier même aux grosses lunettes, qui regardait de temps en temps par-dessus, tous industriels accoutumés de son village! C'était là aussi de la poésie! Il y avait là l'attache secrète d'un charme caché. Pourquoi n'en serait-il plus de la sorte en face des grandes œuvres humaines? L'idée du progrès n'est-elle pas une fibre de plus au milieu de l'imagination bien davantage fascinée ?

Qu'il nous soit permis de citer nous-même un de nos souvenirs.

Les plus tendres années de notre jeunesse furent confiées aux mains d'un instituteur dont la mémoire nous reste à jamais vénérable et chère. Homme d'une haute naissance, mais ayant, par dessus l'éclat de son nom, la véritable noblesse et le plus beau rayon, celui du cœur, il devait à des revers de fortune l'obligation de sa nouvelle position. Alors son premier et son seul écolier, nous habitions avec lui, près de la place Saint-Sulpice, au numéro 8 de la petite rue Mézière, le rez-de-chaussée d'un viel hôtel dont la cour humide encadrait de mousses vertes chacun de ses larges pavés arrondis et blancs. Attenant aux appartements, il y avait une sorte de jardin, fermé d'une grille, égayé, pour tout potage, d'un vilain arbre souffrant et tordu. Ce jardin, moins grand que ceux des tombes du Père-Lachaise, ne voyait entre les murailles noires des maisons voisines qui s'entendaient pour lui tourner le dos, qu'une nappe carrée de ciel bleu, d'où, aux cris obstinés de pauvres moineaux reclus dans la fraîcheur, il tombait sur la terre nue des miettes lumineuses du soleil. C'était là notre horizon satisfait, notre coin d'enfant, notre rêve et notre désir coupable aux heures enfermées de l'étude. Nous nous en échappions souvent pour gagner la cour ; nous avions, nous semblait-il alors, conquis le monde et la liberté : la cour !. vaste, publique, sans cesse animée d'un bruit, d'un visage, d'un pas nouveau ; la cour, où régnait la concierge centenaire; où, sous le sceptre de son balai, les chats, les chiens et les enfants de la maison se flairaient, miaulaient, aboyaient et criaient; la cour, où la laitière gentille s'arrêtait le matin, où le facteur au collet rouge faisait ses régulières apparitions ; la cour enfin, où s'ouvrait quelquefois, ô bonheur ! les deux battants de l'immense porte cochère, laissant voir au dehors les profondeurs de la rue, abîme dont notre jeune imagination interrogeait, timide encore, les sinueuses profondeurs... C'étaient de naïves et merveilleuses impressions que celles de ce temps-là ! Puissance du souvenir, tu nous retrouves encore enfant !

Mais dans cette même cour était un double et plus vif attrait : à ses deux extrémités, logeaient un architecte et un chimiste. Les ateliers de l'architecte s'é-

tendaient, bas , vitrés , en forme de hangar , sous le
plein jour de midi ; ceux du chimiste se dressaient
dans les bâtiments du nord, noyés d'ombre, de silence
et de mystère. Bien qu'alors épris de peinture, et
n'ayant d'autre chimère que celle de la carrière d'artiste, nous allions de préférence jouer au nord de la
cour. Si nos secrètes sympathies étaient pour l'architecte et ses élèves, passant fiers avec leurs longs
cheveux et leurs grands cartables, notre plus vive attraction était vers le laboratoire inconnu du chimiste.
L'attirail du premier convenait à nos goûts , à nos
aptitudes, à nos penchants naturels ; l'appareil du
second nous dominait et nous fascinait ; nous ne
pouvions , arrêté tremblant sur le seuil ténébreux de
sa porte, qu'obscurcissaient encore les bras convulsifs
d'une vieille vigne, joignant dévotement, par le haut,
l'ogive de ses mains chargées de grappes , nous ne
pouvions, une fois là , un pied et un œil en avant,
ni nous retirer, ni considérer sans vertige l'intérieur
de cet antre de la science, où , par moments , nous
l'entendions rugir comme une lionne à laquelle on
vient dérober ses petits ! Ces milliers de flacons ren-
fermant des substances de toute couleur , rangés ou
épars inégalement sur les rayons ou les tables ; ces
fourneaux cerclés de noir, ces cheminées fantastiques,

ces cornues contournées, ces creusets mystérieux, ces alambics repliés sur eux-mêmes comme des entrailles mises à nu, ces coupes de toutes formes, ces tubes sonores, ces mortiers où le pilon frappait ainsi qu'un battant mobile dans des cloches renversées, toutes ces manipulations, ces fusions, ces changements à vue de liquide coloré, ces cristaux subits, ces explosions, ces vapeurs, ces miasmes étrangers, tout ce monde des choses nous enivrait ! Ah !.. c'était là encore de la poésie, la poésie de la science, du travail et de la matière. Non ! notre sens d'enfant n'était pas trompé ; c'était là vraiment l'univers entier livré aux mains laborieuses de l'homme et par lui décomposé et recomposé chaque jour devant nos yeux justement émerveillés !

Il nous souvient qu'à notre tour, dans l'*a parte* du petit jardin, nous faisions aussi maintes imitations et maints essais dans le genre de ceux du chimiste. Retiré au pied de l'arbre contrefait qui nous jetait cependant de son mieux le sourire de son ombre douce, et aurait pu nous rappeler Quasimodo, changé en arbre, si nous avions à cette époque connu le monument de Victor Hugo ; retiré, protégé par ce noueux ami, il nous souvient de nos enfantines tentatives ! Sur un petit fourneau, bâti et maçonné avec des briques volées au voisinage, nous répétions, à nos risques et périls, les expériences du savant. Nous aussi nous avions notre idée et cherchions quelque chose ! C'est dans des émotions sans nom que nous attendions l'épreuve du feu. Hélas ! tout s'en allait bientôt en fumée, l'or de nos rêves comme autrefois celui des alchimistes !

Un jour, notre poétique passion faillit nous coûter la vie. Las de nos vaines recherches, nous tentâmes un effort désespéré. Nous conçûmes l'idée singulière de mélanger et d'amalgamer, sans distinction et sans ménagement de parti, toutes les petites drogues et matières dont on nous avait laissé la libre disposition. — Nous ne faisions pas, après tout, une folie plus grande que celle des peuples en délire d'une égalité brutale aux moments de leur rage au pied de l'impossible. — Nous chauffâmes donc le four. Nous prîmes le plus vaste de nos récipients : à tout hazard nous le remplîmes et le bourrâmes jusqu'à la gueule ; puis, attentif et palpitant, nous surveillâmes le grand œuvre..... Tout éclata et partit en l'air avec un bruit horrible !... Le tronc de l'arbre derrière lequel nous nous prosternâmes nous protégea heureusement le visage et les doigts ; nos habits seuls furent atteints en plus d'un point. Mais lorsque, à genoux encore, n'entendant plus rien, nous osâmes relever les yeux, un nuage roux, épais, formidable, enveloppait le feuillage de l'arbre difforme... Tête effrayante! où nous crûmes voir le génie de la science indignée nous lancer un terrible regard et menacer l'audacieux qui l'avait étourdiment évoqué de l'abîme !

Plus réelle, apparut par derrière la face sévère de notre excellent maître, accourant, lui-même épouvanté. Il nous arracha par l'oreille à nos chimiques amours, et, « ce jour-là, nous n'en *fîmes* pas davantage. »

Nous avons souvent remarqué, qu'après les pays riches en souvenirs, les plus séduisants à parcourir étaient les riches en industrie ; une spécialité de métier donne toujours au sol et aux gens une physionomie à part, une couleur, un cachet poétiques. Des bourgades obscures, traversées en de rapides voyages, ne nous ont laissé d'impressions durables qu'à raison de l'industrie qui les animait : là c'étaient les broderies de la mousseline tendue sur des formes de tambours de basque, dont les femmes, assises en cercle à l'entrée de leur chaume, semblaient tirer des accords plutôt que des points silencieux ; ici c'étaient des enfants cousant des gants de chevreau à l'aide de petites machines ingénieuses plus hautes qu'eux ; ailleurs c'était le tricotement de la laine avec deux ou trois longues aiguilles d'acier, brillantes comme des rayons, ou comme les regards furtifs des jolies ouvrières.

Plus au loin, c'étaient la Suisse toute rappelée dans un petit châlet de bois rose habilement sculpté; l'Angleterre entrevue derrière une basque de dentelle ; la Bohême reconnue au fond d'une coupe de cristal ; la Hollande déroulée dans une bande de toile; la Russie respirée dans le parfum d'une peau ; le Japon dessiné sur les flancs rebondis d'une porcelaine bleue; et, en nous rapprochant de notre patrie, c'est Lyon que nous retrouvons avec orgueil dans les tissus féeriques et dans les plis chatoyants d'une jupe de soie ; il n'y a pas, jusqu'aux sombres régions de la Loire, qui dans leur monde de charbon, ces forêts mystérieusement enfouies, ne présentent leurs aspects fantastiques. Leurs flammes du soir, leurs brumes rousses, leurs puits baillant à l'ennui du soleil, sont toute une mine de poésie; Dante ne l'eût pas oubliée pour aider la description de son enfer (1).

---

(1) Nous citons à la fin de cet écrit quelques pages d'impression de Méry, voyageant dans la haute Angleterre; elles nous sont tombées, après coup, sous la main et nous avons tressailli en y retrouvant, si éloquemment exprimés, les mêmes sentiments que nous bégayons ici.

Une foule d'instruments qui ont leur place natu-
relle dans nos émotions de chaque jour et sont incon-
testablement des éléments de poésie, proviennent des
efforts de l'industrie. Nous en nommerons, entre mille,
deux parfaitement inconnus à l'antiquité et admis
cependant de vive force par tous les poètes modernes :
l'horloge et la cloche.

C'est en effet l'industrie qui a, s'il est permis de
parler ainsi, incarné l'abstraction du temps. Le temps
lui doit dans le cadran son bon et placide visage de
tous les jours, l'expression de ses aiguilles, le timbre
de sa voix, son battement sourd et régulier qui rap-
pelle celui de notre propre cœur. Ce que nous nom-
mons tristement nos heures, longues ou rapides, c'est
un même mécanisme qui les taille toutes égales ; elles
se débrouillent, s'envolent une à une d'entre les
complications mouvantes des rouages, comme le temps
lui-même, dans sa généralité, se dégage et s'enfuit
de la confusion agitée de nos existences : l'heure sonne,
c'est qu'elle a passé ; alors seulement nous la comp-
tons. Le temps glisse sans bruit : il n'est plus ; alors
seulement nous nous en apercevons. Mais l'aspect,
l'image, la réalité précise et poétique du temps, où la
saisir, si ce n'est dans l'horloge? image elle-même d'un
horloge plus vaste ; celle des astres! Là haut aussi est

un secret ressort! Là haut, allant et venant par derrière, est le suprême balancier des mondes, qui mesure nos vies et travaille nos siècles!

L'industrie des hommes, nous le voyons, ne fait, après tout, que piller celle de Dieu. Peut-elle donc lui voler quelque chose qui ne soit pas empreint de sa poésie?

Quant à la cloche, elle vaut la création d'un monde. Elle est une âme de métal; comme notre âme à nous, hélas! muette et pleine d'ombre lorsqu'elle reste penchée et immobile vers la terre, éclatante coupe d'harmonie et de lumière lorsqu'elle se relève vers le ciel!

Schiller a fait un chant des diverses phases de sa fonte. Il n'est pas de poète qui n'ait été ébranlé par ses mystérieux frémissements et n'ait cherché à en traduire les accords. Depuis Faust dans sa cellule jusqu'au simple laboureur dans sa vallée, tous ont salué la cloche versant sur tous ses ineffables bourdonnements. Sortie toute sonore du moule et des ateliers de l'industrie, à quel rang sublime n'a-t-elle pas été exaltée!

Nous cherchons dans les airs et au dessus des fronts humains quelque chose qui l'égale, elle, lourde fille de la matière, qui est là pendue dans sa tour, sans art, sans tradition grecque ou romaine, sans souci de nos insultes, sa langue de fer haletante vers l'infini!

Ah! n'y a-t-il pas entre le soleil et la cloche, ces deux puissances rivales, de merveilleuses analogies!.. Le soleil fait luir et trembler l'espace : la cloche le fait ouïr et vibrer. Le soleil réunit toutes les couleurs dans ses rayons, la cloche toutes les notes dans ses accents; lui, fascine les yeux, elle, éblouit l'oreille; l'un et l'autre versent dans l'âme la splendeur ou l'harmonie : le soleil par sa gueule de feu toujours ouverte, la cloche par sa bouche de bronze fondu toujours béante ; celle-là, relevée incessamment par la corde du sonneur, celui-ci soulevé chaque jour sur l'horizon dans le balancement d'un branle éternel !

Eclatants l'un comme l'autre, le soleil et la cloche sont le roi et la reine sous la voûte céleste. Ils se marient aux jours de fêtes, et ce sont eux qui président à toutes les fécondités et à toutes les solennités de la vie. Ils se partagent le temps comme l'espace : le soleil donne les heures, la cloche les sonne! Partout ils vont ensemble, confondant leurs cercles et leurs rayonnements, de la nuée aux échos et aux reflets de la montagne, des champs du ciel aux champs de la terre ; et le même vent qui, chassant les vapeurs errantes, fait briller davantage la face de l'astre, emporte plus loin avec lui les frémissements de l'airain suspendu !

Quoi de mélancolique comme les dernières vibrations de la cloche retombée ! Quoi de merveilleusement triste comme les dernières lueurs du soleil sombrant sous l'horizon ! Ils ont chacun leur poétique crépuscule ; il se couche, elle s'endort : l'œil ou l'oreille de l'homme, également séduits, s'abreuvent des tons ou des teintes toujours faiblissants de l'air ému. Leurs sommeils réunis font le nôtre avec du silence et avec de la nuit ! Enfin, lorsque étendus sur nos couches paisibles, le coq matinal perce tout-à-coup nos songes de son cri aigu, c'est qu'ils sont tous deux réveillés ; dans l'église ou dans le ciel, le soleil, ce bourdon de la lumière, et la cloche, ce soleil du bruit !

Aveugles et sourds, niez donc à present la poésie de l'industrie et de ses œuvres !

Mais c'est surtout au seuil de nos manufactures qu'il faut se placer pour éprouver d'un coup la poésie de l'industrie. Nous n'y appelons pas ceux qui ne savent goûter d'autres impressions que celle de l'art classique représenté par le temple grec, ce vaste cercueil ornementé où la beauté est à l'état de mort ou de statue, où rien ne fait écho, où rien n'est profond, ni du côté du cœur, ni dans le sens du ciel ! Heureusement, au sortir des goûts et des modes d'un grec batard, on est revenu en masse s'agenouiller dans la foi et dans l'admiration de nos vieilles cathédrales, symboles de l'art, chefs-d'œuvre de l'humanité! Toute grande imagination de notre temps de lumière et de justice, s'il n'est un temps d'édification et de vertu, a frémi avec l'orgue, sous nos voûtes gothiques. Toutes y ont reconnu l'expression en pierre, la plus haute et la plus éloquente, de l'amour et de l'espérance! La cathédrale est bien le temple de Dieu ; elle est bien aussi celui de l'homme souffrant et aspirant à la délivrance de ses douleurs ; le dernier des pécheurs trouve sa place et sa consolation au pied de ses piliers, conducteurs austères de nos accents et de nos soupirs ; par les ombres des nefs, ombre lui-même, mais ombre brûlante, il se rafraîchit au passage, et apprend d'avance à se courber pour descendre sans vertige l'escalier en spirale de la crypte des morts! Avec sa lampe sacrée, nuit et jour balancée au milieu de son sanctuaire, la cathédrale est comme l'immense réflecteur de l'humanité sur Dieu ; verre fragile, coloré des mille variétés de la vie, chaque génération glisse lentement d'une porte à l'autre, entre le baptistère et l'autel ; du porche elle passe au caveau et là se brise et tombe en poussière! Cependant, par l'énorme rosace du chœur, les rayons prolongés de la divine lampe ont pour jamais renvoyé toutes ces images humaines au fond des cieux, et elles se retrouveront toutes empreintes, avec leurs gestes de foi ou de blasphéme, sur l'immuable toile de l'éternité!.....

Eh bien, nous l'avouons, l'entrée d'un temple industriel a pour nous quelque chose de cette impression de la **cathédrale**, la plus dominante, la plus muette, la plus profonde que nous connaissions... Poussons la porte obscure d'une de ces gigantesques usines, où la matière emprisonnée par le génie de l'homme se débat, va et vient, grince, siffle, hurle comme une bête féroce dans sa cage et épouvante son dompteur de son propre empire! Quelles galeries sans fin s'ouvrent devant nos yeux troublés! Quelle pompe dans cette procession des machines sous leurs arcades de fer! Quel ordre et quel tumulte! Là bas, dans l'église, cette manufacture pacifique des âmes, une voix s'élevait et disait : *« Dieu seul est grand ! »* Ici, dans cette fabrique, église remuante des choses, des voix sans nombre montent, descendent et nous crient sur tous les timbres; « O homme que tu es grand! Avant toi nous n'étions que des corps inertes; enfouis aux entrailles fermées de la terre, nous y aurions attendu en vain le mouvement qui est pour nous la vie, si tu ne nous en avais glorieusement arrachés. C'est toi qui nous as dressés, taillés, ajustés, combinés, rendus à l'air et à l'activité. Tu nous as fait monter jusqu'à toi! Oui, c'est toi le rédempteur et le maître que nous annonçait l'Esprit flottant sur notre chaos ! »

Partout s'empresse à sa tâche la foule laborieuse. Dans le fond vaporeux de la vaste usine, les poignets d'une machine frappent ou tournent sans relâche pour imprimer un même essort à toute l'étendue des travaux. L'*arbre* gigantesque, nervure animée à laquelle aboutissent les ogives palpitantes des *lanières*, transmet d'un bout à l'autre la force et l'entrain. L'homme ne s'épuise plus, il s'applique; chacun fait servir, selon son rôle et son œuvre, à la diversité de l'adresse l'unité de l'impulsion; la machine travaille, l'ouvrier dirige, la vapeur sue, l'intelligence réfléchit! Ici, plus de manœuvres indignes; plus d'interminables abrutissements! La liberté a relevé l'esclave, l'industrie a relevé l'ouvrier. Un pauvre innocent, la main et l'œil sur un anneau, suffit à tenir et à conduire par le cou l'effrayant dragon aux écailles de fer, qui remplace aujourd'hui à lui seul cinquante hommes qui, dans la plénitude de l'âge et de l'esprit, se voyaient autrefois asservis !

Oh! n'est-ce pas là un sublime spectacle! L'artiste, le poète, resteront-ils donc froids en parcourant ces rangs, ces salles, ces étages, ces Babels de l'industrie! Toutes ces physionomies brillantes d'intelligence sous la poussière du travail, tous ces jeunes hommes qui font humblement marcher le monde, et sans lesquels la société, toujours affamée, chercherait son lendemain et ne le trouverait pas; toutes ces jeunes filles, qui oublient là leur cœur et leur beauté, et comme de vieilles Parques, filent, du matin au soir inclinées, nos jours et nos destinées terrestres; tous ces héroïsmes patients, tous ces labeurs ignorés, toutes ces larmes dévorées dans l'activité, toutes ces sueurs répandues dans l'ombre, tous ces efforts, tous ces soupirs, tous ces cris inconnus! Ah! ne serait-ce donc rien! et la poésie passerait-elle en dédaignant, sans mériter à jamais le mépris et le reniement de l'humanité!

Monastère du travail, l'atelier est vraiment un lieu où il sied à l'homme de se sentir homme. La pensée ne peut que grandir, se purifier et se fortifier là où l'individu se fortifie, s'épure et s'élève lui-même par l'accomplissement de son devoir. Sauf la prière, qui précède et termine, nous ne savons pas sur terre quelle chose est plus haute que le travail. L'ouvrier vous semble courbé vers le sol : illusion des yeux! Il est penché sur le ciel !

On a objecté qu'à côté de nos monstrueuses et informes machines, l'homme disparaît et s'efface; que toutes proportions sont dépassées et par suite toute beauté brisée dans le rapport de la personne à l'œuvre, sans mesure avec la main qui la meut; cela n'est point. La plupart des machines modernes et les plus admirables, sont simples de grandeur et de contour, au niveau du front qui les a conçues. Un petit nombre, appropriées à des travaux qui les nécessitent ainsi, se développent dans le gigantesque. Mais, celles-là, si elles échappent jusqu'à un certain point aux arts de la reproduction, n'ont-elles pas toujours leur beauté morale, s'il est permis de s'exprimer de la sorte en telles matières? Toutes du moins sont susceptibles de voir embellir et poétiser leurs aspects. C'est là, même, une nouvelle donnée pour les arts. Plus tard, quand on aura fini de chercher, de perfectionner, quand on aura achevé le squelette de fer et la muraille de pierre, ce sera le tour de l'artiste de garnir le squelette et d'évider la muraille : il jettera la forme sur la machine en dessous vivante; il sculptera l'édifice par dessous éternel (1) !

On a osé davantage dans l'attaque parricide de l'industrie : on a été jusqu'à dire que son développe-

---

(1) Ne pourrions-nous déjà renvoyer l'imagination de nos lecteurs le long des cloîtres de nos grandes manufactures, ou sous les cintres, aérés et aériens, de nos magnifiques embarcadères !

ment étoufferait en l'homme *l'activité* et *la liberté !* Singulier paradoxe, et que nous serions tentés de laisser sous nos pieds, plutôt que de le relever et d'y répondre. Comment le triomphe de la liberté et l'extension de l'activité deviendraient-ils leur suppression ? Comment serions-nous liés par ce qui nous délie ? Comment notre industrie, dont le mobile est le besoin de liberté, et l'effet l'activité universelle, nous conduira-t-elle à l'anéantissement de sa propre cause et de son propre résultat ? Ce sont là des questions que l'absurde peut seul résoudre. A la vérité, une fois entré et fermé dans un wagon, le voyageur ne saurait mieux faire que de se recommander à la Providence ; il ne peut rien, ou presque rien, contre la chance d'un accident ; il est à la merci et au caprice d'une soupape. Mais est-ce là une position contraire à sa liberté, antipathique à son activité ? Non, certes ! Il n'a fait qu'user de l'une de ces deux facultés en montant libre et confiant dans un wagon ; il use de l'autre en se sentant enlevé avec la rapidité de l'éclair vers le but où vise son désir ; c'est son activité même qui a condensé la vapeur impatiente ; c'est sa liberté même qui lui a dit : « Pars et emporte-moi ! » Victime d'un malheur, d'une paille cachée ou d'un caillou de hazard, broyé, écrasé, anéanti, il serait encore plus

II...

grand dans sa mort que l'appareil qui l'aurait trahi; puisque, comme l'a dit Pascal en parlant des relations de l'homme et de la nature, celui-ci aura toujours sur la machine l'avantage de savoir qu'il est écrasé , tandis que la machine n'en sait rien. Il a de plus, dans ce cas, la gloire d'avoir osé sa vie en éprouvant l'œuvre de son génie, et lui, mort, d'avoir laissé pour d'autres la funèbre révélation du danger et le zèle d'y pourvoir.

Nos machines sont des âmes, filles des nôtres, faites à notre image, mais inflexibles dans leurs impulsions; elles obéissent fatalement à notre ordre : à nous de réfléchir et d'éprouver avant de commander. Mais , encore une fois, que veut-on dire lorsqu'on nous prédit qu'elles renverseront et écraseront un jour notre liberté et notre activité? à nous qui les construisons et les lançons de main de maitre !

Des catholiques étroits et étranges ont encore reproché à l'industrie de matérialiser l'homme en ayant pour fin dernière ce qu'on a appelé *la réhabilitation de la chair* ; comme si l'industrie n'avait pas une mission plus étendue que celle de satisfaire le boire, le vêtir, le manger? Comme si elle était autre que le génie humain mis en action et arrachant, avec la force de Samson, les portes du monde matériel pour les porter loin et haut !

Sans doute, par certains de ses efforts elle tend à la réhabilitation de la chair; mais où est le mal? La chair, après tout, qu'est-elle sinon l'œuvre de Dieu? Il l'a pétrie à son image et a secoué à poignée dans la pâte féconde les rayons de sa beauté. Il l'a faite ce qu'elle est lorsqu'elle séduit, lorsqu'elle enivre de ses contours et de ses couleurs l'imagination de l'artiste. Il l'a soignée lui-même avec l'amour d'un créateur. Le premier, il l'a caressée de sa pensée sublime.

Cette chair merveilleuse a donc droit à nos respects, à nos admirations, à nos enthousiasmes. C'est pour nous un devoir de l'entretenir et de l'embellir. C'est une erreur et une offense de la mépriser. Que ses appétits aveugles soient réprimés ; que ses mouvements capricieux soient réglés par la marche de l'esprit; que le corps obéisse à l'âme : rien de mieux! Cela est juste, les lois physiques et religieuses s'entendent pour le vouloir ainsi. Mais qu'il y a loin de cette harmonie et de cette coordonnance des deux principes, spirituel et matériel, à ce fol et coupable vertige des flagellants de la chair! Ils frappent sur l'œuvre divine; ils maudissent et meurtrissent sa beauté; ils insultent à la création toute entière!

L'industrie qui trouverait, au contraire, un moyen de perfectionner physiquement les races humaines, l'industrie qui, allant plus avant que la médecine, s'occuperait non-seulement de la santé, mais encore de la beauté extérieure des corps, serait, à tous points de vue, honorable et sainte. Pourquoi les peuples chrétiens ne chercheraient-ils point à joindre à leurs vertus nouvelles, la vigueur et la rectitude des types antiques qu'ils ont laissé perdre? Notre Dieu n'est-il pas le *beau Dieu* comme il est le *bon Dieu*? De sa triple lumière du bon, du vrai, du beau ne saurait-il éclairer également ses fidèles et leur ouvrir trois avenues jusqu'à lui!

C'est une tendance déplorable que celle de nos enseignements catholiques vers l'immolation exagérée de la chair. La sainteté n'est plus ce qu'elle doit être : l'épanouissement régulier et splendide de la vie; on nous la représente comme son anéantissement; on nous la montre agenouillée en plaine laideur, accroupie dans un sépulcre, et il n'est pas étonnant qu'elle répugne aux meilleurs et aux plus sensibles des hommes : abîmez-vous, nous dit-on, faites grimacer votre corps comme votre cœur, éteignez vos facultés, estropiez vos membres, devenez une momie, une cendre, une guenille, une nullité, vous serez sept fois béni et digne des cieux.

Pour nous, fatigué des lieux communs et communément absurdes, débités de routine contre la *chair* et la *matière*, nous le disons hardiment : l'aspect d'une belle créature est, sans conteste, la plus émouvante des prédications. Il est dans la forme, dans la carnation, dans l'éclair d'un regard, dans la blancheur d'une épaule, dans la coupe charmante d'une joue, dans l'idéal d'un sourire, dans la pureté d'un front couronné de sa jeunesse, dans certaines attitudes de femme, dans la suavité d'une teinte ou d'une ligne, dans l'harmonie d'une main, quelque chose qui nous ramasse et nous enlève à Dieu bien autrement que les plus orthodoxes discours. Nous savons cependant nous édifier devant un corps qu'ont miné de longs jeûnes et cassé de dures pénitences ; nous admirons alors la puissance de la volonté tristement manifestée dans l'écrasement de la nature, mais combien est différente l'intensité de notre émotion en présence d'un radieux et indescriptible visage comme il arrive d'en rencontrer parfois sur sa route solitaire ? Ah ! quelle secousse profonde ! Quel éblouissement ! Quel cri, sourdement étouffé, pousse le cœur ! Oui, c'est Dieu lui-même qu'on a senti passer ; c'est un de ses vivants rayons qui a frappé et qui a dit : « Monte encore, je ne suis qu'un reflet ! »

N'accusez donc plus l'industrie de conduire à la

réhabilitation de la chair, puisque c'est là précisément une de ses espérances de gloire, une de ses auréoles poétiques.

Tant pis pour ceux qui ne savent regarder la beauté et ne liront ces lignes que d'un œil déjà corrompu !

Enfin, on nous appelle dans un autre ordre de considérations : on nous montre le peuple tel qu'il est, occupé de travailler la matière et d'en arracher sa vie physique. Sa vie morale, demande-t-on, a-t-elle gagné à cette lutte, s'est-elle ennoblie dans cet absorbant effort ?

Plus qu'un autre nous avons l'aversion du marchand, de l'industriel, du spéculateur, de l'épicier, qui trottent par le monde, comme la bête de somme, entre le sac de denrée et le sac d'argent. Nous avons horreur de ces types lourds, absolus, aussi nuls que gonflés, de ces oiseaux avides et criards pour lesquels tout se traduit en pertes ou en bénéfices, en *doit* ou en *avoir* ; à ces gens-là ne parlez jamais de poésie, elle est l'x négligée et introuvable de leurs calculs : ils ont des oreilles, de très-longues, et ils n'entendent pas, des yeux et ils ne voient pas ; on ne peut ajouter pour eux : *Manus habent et non palpabunt ; palper*, c'est leur seul savoir faire et leur unique mouvement. Hommes de chair et *d'espèces*, ils ne pèsent que par leurs ventres ou leurs poches ; leurs cœurs sont vides, les grandes idées ne passent pas par les étroites ruelles de leurs intelligences ; vous cherchez l'homme , vous ne trouvez que des roues ou des coffres !

On ne nous accusera donc pas d'aveugles sympathies pour une certaine classe de matérialistes ou de machinistes qui, au fond, ne sont pas ainsi parce que l'industrie les a rendus tels , mais parce que leurs vices , leur cupidité et la grossièreté de leur sens les ont fait ce qu'ils sont.

Il est plus bas , plus près de terre, plus inaperçue , et cependant plus digne de considération et de respect, une autre classe d'hommes vivants, eux aussi, dans les sentiers perdus de la matière. C'est le peuple , pauvre , laborieux, intelligent, souffrant, inquiet de l'avenir, tourmenté de lui-même ! Là nous admirons, là nous bénissons l'influence de l'industrie ; elle est le salut de ce peuple, elle fait son éducation, elle prépare sa réhabilitation; chaque coup de piston est un coup de pompe qui assainit les marécages de l'ignorance , chaque invention est un appel à la lumière. Faute d'autre, le frein du peuple, errant sans boussole sous les cieux muets, son ancre sur l'abîme toujours menaçant des révolutions, c'est son travail , son catéchisme, c'est celui de l'industrie. Faites oisives un instant toutes ces pauvres intelligences désemparées de Dieu, et vous verrez comme elles sombreront, découragées dans le noir océan de leurs destinées, comme elles reparaîtront ensuite furieuses, bouillonnantes, et se débattant à une surface dont elles n'auront pu même trouver le fond !

Que vient-on nous parler, à ce propos, du bonheur placide de nos vieilles corporations, de nos antiques confréries, de nos pères, du bonhomme moyen âge? Est-ce l'industrie du jour qui est responsable de ce qui n'est plus ? Si la foi s'est éteinte, est-ce parce que les feux de la houille se sont allumés ? Le progrès, l'intelligence, le travail sont-ils les ennemis jurés de la sainte croyance ?... Ah! nous ne blasphémerons jamais ainsi au nom de Dieu contre Dieu lui-même. Il a pris la peine de composer le monde exprès pour nous ; ce n'est pas dans la pensée que nous nous y croisions les bras ! L'œuvre des hommes est sacrée comme la pensée de leur cœur. Or, c'est se prononcer à la fois pour et contre la vérité que de regretter le temps passé. Le présent n'a pas non plus droit à une admiration sans réserve : il tient l'outil, il lui manque l'autel ! Mais nous avons l'avenir pour embrassement et pour amour : vers lui, jetons donc nos espérances comme au ciel nos vœux !

En attendant, il est de fait que l'atelier est aujour-d'hui un port de salut, où la masse populaire vient oublier le jour les cauchemars de ses nuits, et reprendre courage et intérêt à la vie à côté des machines, ses robustes compagnonnes ! Les unes les autres, elles causent, elles chuchotent entre elles, et ces dialogues mystérieux ne sont ni sans intelligence, ni sans poésie.

L'intelligence, elle se fait jour de partout dans les rangs du peuple ; jamais le sourd volcan n'a tant fumé ni lancé d'étincelles. La poésie, elle se respire déjà à pleins poumons dans les nobles enthousiasmes de nos multitudes arrêtées et muselées dans leur fureur par la seule puissance et le seul charme d'une grande parole. On chante aux carrefours avec certainement plus de vraie poésie dans l'âme et dans la voix, qu'aux pianos de nos salons ennuyés !

Le peuple, voisin de la nature, est comme le chêne touffu, encore plein d'oiseaux, de sève et de fraîcheur : il résonne, il sent, il vibre. C'est lui qui est la lyre solennelle : de poitrine à poitrine s'étendent les cordes frémissantes ; déjà les premières brises de l'avenir en tirent de secrets accords. A vous, mon Dieu, de les faire retentir ; on attend, on implore votre main !

La poésie qui va naître sera populaire. Elle visitera l'atelier, elle montera dans la mansarde ; elle partira du cœur le plus obscur, le plus méconnu , comme un aigle sort tout-à-coup de la retraite la plus impénétrable, et elle ira au cœur de tous. Elle s'appellera *la Poésie du travail* , *la Poésie de l'action* , *la Poésie de la vie ;* et le peuple se réjouira en la reconnaissant pour l'avoir longtemps, à son insu , cachée dans son sein , alimentée de sa sueur, bercée de son mouvement journalier : elle sera sa lumière et sa consolation. L'ouvrier, mineur patient du temps, la portera, fixée sur son front, éclairée comme la petite lampe métallique que rien n'éteint et que rien n'embrase !

Cette poésie, forte, grave, profonde, sincère, parlera français le langage du peuple, voilà tout. Elle ne s'amusera pas à cadencer des vers et à découper des strophes ; elle jettera au loin , c'est-à-dire derrière nous , ces vieilles chausses des rimes tant de fois remises et usées ; la pensée ira pieds nus. Sautant au bas de son lit à demi-vêtue , elle s'arrangera en route comme elle pourra. C'est toujours une entrave que la règle des vers ; une bandelette , que l'idée mâle et vivante sent le besoin de briser pour se déployer toute entière. La forme, dite poétique, convient à son demi-sommeil , au balbutiement de ses rêves, à ses premiers efforts ; elle est le bourrelet symétrique que son front brise en s'élargissant. Chez les peuples mûrs , chez les hommes faits, la prose est la seule voie possible, assez large pour la foule et les choses. La prose, c'est le plein air, c'est la liberté. Nos plus illustres poètes viennent eux-mêmes de crier comme nous : *Vive la prose !*

Dieu, la nature, l'humanité, voilà donc ce qu'il reste ; n'est-ce pas assez ? Un triple fleuve de poésie coulera de ces trois sources. La poésie de Dieu, elle reviendra ; la poésie de la nature, elle ne nous quittera pas ; la poésie de l'humanité, elle ira aussi loin qu'elle dans le progrès. Cette poésie oubliera l'homme pour la société ; moins personnelle, elle sera géante ! Toujours harmonieuse, toujours pleine de grâce et de mélancolie, charmante, quoique ne pouvant tout dire, elle fera plus souvent embrasser les peuples que les amants, et ses épithalames n'y perdront rien.

Ses élégies seront celles des masses souffrantes, militantes ; ses cantiques, ceux des triomphes sur la matière ; car, en ce temps-là, il n'y aura plus d'autre soldat que celui de l'industrie, plus d'autre glaive que l'outil. La poésie s'enfermera dans une machine pour recueillir sa suprême épopée.

Ce serait faire preuve d'une courte vue que de l'arrêter et de la laisser échoir aux détails et aux débats de l'actualité : chaque siècle a ses qualités et ses vices comme chaque homme. Leurs pires moments sont ceux où quelque grande révolution s'accomplit en eux. Il n'y a point que la femme qui enfante dans la douleur ; le génie, le travail, le temps, en sont tous réduits à cette extrémité. Il ne faut pas prendre la convulsion pour l'agonie, ni voir dans le sang répandu la vie qui s'en va. Au milieu de la peine et du désordre, surgit le nouveau monde et l'ordre nouveau. *Jam nascitur !*

L'héritage de la douleur saisit l'enfant à son tour.... Pourquoi se troubler ? Le siècle souffre dans ses nerfs. Ah ! tant mieux ! C'est qu'il va grandir !

Laissez-le courir et piétiner partout : la matière n'est pas à craindre ; la boue se lave, le front s'essuie. L'enfant n'en reviendra que plus animé auprès du foyer paternel, et son grand œil ouvert, plus brillant !

Non ! ce ne sont point les signes du déclin que ces sifflets, ces étincelles, ces gaz de tous côtés échappés. Nous assistons à un sublime combat. La mêlée scandalise le moraliste timide. Mais, dans la réalité, que se passe-t-il ? Le monde, qu'on dit matérialiste, est l'ennemi déclaré de la matière ; jamais il ne l'avait prise corps à corps comme aujourd'hui. C'est un duel à mort. Eh ! qu'est-ce que le spiritualisme inactif des rêveurs de l'Inde, vivant des années debout et immobiles sur un pied , le regard tordu sur le bout de leur nez , pendant que l'herbe pousse autour d'eux et que les oiseaux ne se gênent plus sur leurs têtes ? Le vrai spiritualisme, c'est celui qui s'agite et travaille dans nos manufactures. Il lime , il scie , il pioche , il tient le lévier ou l'échelle ; il bout dans la chaudière, il éclate dans les œuvres.

Oh! oui, soyons fiers de notre siècle! Il a étudié le passé, il a compris l'avenir! Nul ne s'est déchiré, comme lui, les entrailles pour nourrir sa postérité ; nul n'a déployé ses ailes aussi haut, aussi loin, tatonnant de ses plumes audacieuses jusque dans les régions de l'impossible! Il restera le plus grand, parce qu'il aura le plus souffert. Ensevelis à son ombre, soyons en paix, nos cendres seront fécondes! L'avenir radieux en surgira !

Mais, à l'heure qui sonne, constatons en hâte ceci : que le travail de l'industrie , si ardente à sa tâche, n'est que le défrichement de la matière; qu'elle la pétrit pour la mieux dompter; qu'elle va en faire une esclave de l'homme triomphateur, une merveilleuse extension de ses membres et de ses pensées! La voilà qui décuple son existence par la rapidité des trans-ports, et parvient de la sorte à dompter le temps lui-même en lui coupant, pour ainsi dire, l'herbe sous les pieds ; ne pouvant toucher au temps , elle dévore l'espace ; elle endort les plus horribles cris de ses plaies ; elle fait faire à sa pensée le tour du monde aussi facilement que celui de son esprit ; elle fixe ses traits mieux que sa mémoire ou que ses doigts ; elle emprisonne la puissance du feu dans une goutte de phosphore ; elle illumine ses nuits ! Des machines de toutes sortes accomplissent sans sueurs et sans repos, mille fois plus vite et plus exactement, la tâche sur laquelle s'épuisaient jadis des milliers de victimes : les unes préparent ses vivres ; les autres cousent ses habits ; d'autres encore bâtiront ses demeures, laboureront ses terres, sèmeront son pain, limeront enfin les barreaux de sa cage de chair et lui ouvriront les voies aériennes des astres, dont ses objectifs agrandis déchirent chaque nuit davantage les voiles étincelants !

Tout cela, c'est-à-dire l'unité des peuples, des choses, des idées, des croyances, activée par l'industrie aux cent bras, ne pourra-t-il rien sur la destinée de la poésie ? La poésie ne fera-t-elle d'elle-même aucun mouvement vers tout cela !

Allons ! saluez, poètes ! A genoux, chrétiens ! Vous qui parlez quelquefois de Dieu et vous qui criez sans cesse vers lui, ne l'entendez-vous donc pas de l'autre côté de la montagne, dans les sourds échos de la terre, piocheur éternel ; tandis que , à travers ce versant déjà déchiré, la foule des travailleurs acharnés creuse à sa rencontre !

Ainsi se déroulaient nos pensées. Le jour tombait dans le gouffre de la nuit. Le convoi allait nous verser dans l'abîme-Paris. Paris ! essieu brûlant du monde ! meule énorme sur laquelle tant d'esprits s'aiguisent , sous laquelle tant d'autres sont écrasés ! Nous nous sentions heureux d'y arriver comme le rayon à la roue, comme le fer émoussé ou la graine fermée à la pierre qui les utilise. Paris, à son approche, nous prenait au cœur : la mer a son haleine , l'astre son attraction ; Paris a son aspiration, au loin puissante. Ah ! qu'il est beau de s'y laisser emporter en chemin de fer, par une machine, par un génie de métal esclave du nôtre ! Qu'il est grand d'entrer ainsi dans la capitale de l'humanité, après avoir traversé en un seul jour toutes nos belles plaines de France !..... Où est-il donc celui qui regrette le char antique et les bœufs des rois fainéants ?

Pour nous, flâneur amoureux de la vie, enfant de ce siècle, de la nature et de Dieu , nous portions à l'aise nos rêveries ou nos réflexions ; d'un même battement de cœur, nous marchions dans le paysage ou dans l'idée ; l'œil plein de lueurs, nous regardions la lumière expirer sur la campagne, et la campagne sereine semblait considérer à son tour notre front pensif ; rien ne choquait l'harmonie répandue en nous ni en dehors de nous ; notre soif de poésie se rassasiait sans trouble à côté de notre faim de progrès ; le calme de la nature allait au mouvement régulier de notre âme ; à travers ses rivages circulaient pacifiquement nos songes.

Déjà on entendait la rumeur lointaine des faubourgs. Le crépuscule, saignant derrière le coteau peuplé, voyait se découper de plus en plus la ligne noire de ses bords inégaux. Les arbres aux attitudes mélancoliques apparaissaient, penchant leurs silhouettes immobiles sur le ciel du soir, puis s'enfuyaient comme retirés subitement de l'autre côté de la scène par une main invisible. Çà et là, perçant la brume, la flèche religieuse ou la cheminée industrielle dégageaient dans les airs leur prière ou leur fumée. Les ponts de fonte retentissaient tout-à-coup sous le tonnerre du convoi ; aux deux horizons s'éclipsaient les bleuâtres et serpentines rivières, d'un bond franchies ; déjà ce n'étaient plus les lisières effleurées des bois, mais les barrières des chemins encombrés qui s'effaçaient à nos côtés. Déjà brillaient les lumières parsemées aux façades ténébreuses des maisons, plus vives que les étoiles éparpillées au frontispice du ciel, cette demeure future ! Déjà la ville immense hérissait ses tours dans la brume épaissie ; derrière elles s'était affaissée la lointaine campagne ; l'armée des industries campait, fière et bruyante, au milieu du silence de l'étendue ! Cependant sur les gazons inclinés des derniers talus, aux mourantes lueurs du couchant, nous pouvions distinguer encore toute une population de petites fleurs, marguerites et coquelicots, agitées de la bise fraichissante, qui nous jetaient au passage mille salutations gracieuses et approbatives. La nature elle-même nous remerciait. Nous avions agrandi son empire, présagé sa complète destinée. Nous avions su trouver, du doigt et du cœur, sa divine poésie, non-seulement répandue à sa surface, mais enfouie dans ses entrailles visitées par le génie humain. Elle se disait, en s'endormant paisible, que nous l'avions plus profondément et plus sincèrement comprise !

Tel fut notre bagage en entrant à Paris. Peut-être aurions-nous mieux fait de ne pas l'étaler dans la rue sous les pas précipités du monde. Qu'en a-t-il besoin ?

L'industrie, semblable à la locomotive qui nous avait conduit, s'en est retournée sans nous à son œuvre infatigable. Peu lui importe le bourdonnement de la mouche du coche ou l'aboiement aussitôt dépassé de son détracteur! *A cette heure, en plaine roulant,* elle va, et rien ne la peut plus arrêter.

FIN.

A - PROPOS.

Le 22 juillet, à cinq heures du soir, j'arrivai à
Manchester. . . . .
. . . .
. . . .

Manchester est au milieu des terres, et c'est bien
glorieux à lui d'entretenir commerce avec la mer
par ses écluses et ses canaux. De ce côté, Manchester
ressemble à une Venise passée à la suie. Il y a des
rialtos enfumés, des ponts des soupirs vernissés au
charbon, des canaux bordés de palais noirs qui sont
des arsenaux de commerce, de longs quais gluants,
jalonnés d'anneaux de fer où s'amarrent les coches;
c'est encore un spectacle unique au monde, surtout
de nuit, quand on contemple cet amas prodigieux
d'usines, ces ponts d'ébène jetés sur une eau plombée,
comme les ponts du Cocyte, ces forêts d'antennes
chargées de voiles sombres comme les ailes colossales
d'oiseaux de ténèbres, ces gouffres mystérieux où
s'abîment des torrents; ces fabriques à mille croisées
portant sur leurs toits d'énormes moulins de fer, toute

cette autre ville flottante qui est le centre des besoins industriels du globe et qui se montre, comme un ouvrier robuste et laborieux, non pas sous le vêtement soyeux du sybarite, mais avec la noble livrée du travail.

Le voyageur oisif et inutile à la société, le voyageur désœuvré qui arrive devant un pareil tableau, se trouve confondu de surprise et d'admiration ; il reconnaît une race d'hommes supérieurs à ceux qu'il a vus, et il s'humilie au pied de ces hautes œuvres qui rendent l'humanité digne de Dieu. Pour moi, qui tiens la première place parmi ces voyageurs, je ressentis profondément ces impressions ; je demeurai longtemps en extase devant ce culte du travail dont chaque maison était le temple. La nuit donnait à la pensée ce recueillement solennel qui lui est refusé par le fracas étourdissant du jour. Qu'il me paraissait sublime ce repos de cette forte ville placée entre les fatigues de la veille et les devoirs du lendemain ! Ils étaient là, autour de moi, cent mille qui dormaient à la hâte pour être debout à l'aube et interroger devant la forge le génie inépuisable des grandes inventions. Ces œuvres qui s'accomplissaient dans leur perfection incomparable étaient destinées à cet univers anglais presque aussi grand que la terre ; elles allaient à travers l'océan retentir sur quelque rocher de la mer du Sud, ou dans quelque massif d'ombrage aux comptoirs coloniaux des archipels et des continents indiens. Ce Manchester que je voyais dormir au bord des canaux était l'atelier du monde ; c'est à lui qu'on a recours quand il faut creuser une route à travers les montagnes, emprisonner un volcan dans un vaisseau , amollir le métal comme la cire, lancer un bloc de roche équarri au sommet d'un édifice, ourdir les tissus, cuirasser les navires contre les écueils. Quand il faut servir l'homme dans ses besoins , ses plaisirs, son luxe, ses caprices , ses travaux, adressez-vous à la Venise de marbre , à la Venise des poètes, à l'amante de Byron , ce dé- sœuvré sublime ; demandez-lui un clou pour fixer une plaque de cuivre à la coque d'un navire , elle vous chantera une barcarolle, elle ne vous donnera rien ; demandez tout à la Venise enfumée de Manchester, elle vous donnera tout. Allez la trouver dans son som- meil, la Venise de marbre, implorez l'aide de ses bras pour quelque rude travail dans les lagunes , elle re- tombera dans sa mollesse en vous disant d'attendre le soleil. Donnez un coup de marteau à minuit sur l'enclume de la Venise de Manchester, dites aux cent mille cyclopes de ce Polyphème anglais que le Gange, l'Oronte, l'Euphrate, attendent ses chaudières de fer, vous allez voir étinceler les vitres au front de ces monuments innombrables, vous allez voir ces lourdes voiles frissonner au souffle des forges, ces barques creuser l'onde épaisse du canal, ces écluses rouler sur leurs gonds, ces façades de briques reluire aux reflets des flammes, ces moulins de fer tourner comme des girouettes de château, toute cette immense fournaise bouillonner et vomir les feux par mille cratères ; vous verrez éclater, dans son magnifique travail, le volcan de l'industrie et de la civilisation. .   .   .   .   .   .

.   .   .   .

Déjà les mariniers apparaissaient sur le pont des barques, les travailleurs du port débouchaient de toutes les issues. Le laborieux géant se réveillait et saisissait avec tous ses bras le marteau, la scie, la navette, le soufflet de forge, le lingot de fer. Un cri tombé d'en haut semblait avoir appelé Manchester à son œuvre puissante de tous les jours. En longeant la ligne des édifices, j'entendais le fracas intérieur qui ébranle leurs planchers de briques ; ces grands corps d'architecture avaient une âme et se renvoyaient par leurs croisées ouvertes le cri du réveil. Les herses, en se levant, découvraient des magasins béants comme des gouffres ; les becs de fer se tordaient sur les quais pour saisir les marchandises ; de tout côté surgissait quelque ingénieux mécanisme qui venait en aide à la main de l'homme et allégeait le fardeau. Aux éruptions lointaines des trombes de fumée, on devinait déjà que la furie industrielle courait des rives du port jusqu'au hangar du rail-way, et que tout Manchester avait entonné l'hymne du travail qui ne devait cesser qu'avec le jour. . . . .

. . . .

Jusqu'à présent, le peuple de Manchester a fait preuve d'une imagination incomparable dans l'œuvre de l'industrie ; c'est aux découvertes utiles qu'il a toujours appliqué ses étonnantes facultés de création : mais on s'abuserait étrangement si l'on croyait que ce génie s'est révélé sous toutes ses faces ; il y a chez lui un foyer d'enthousiasme qui doit porter d'autres fruits. J'ai vu ce peuple au théâtre, le peuple de l'usine étalant ses bras de fer sur les quarante banquettes qui lui sont réservées, et laissant tomber du cintre un tonnerre d'applaudissements avec une intelligente précision d'à propos ; je l'ai vu aux meetings électoraux, et bien plus ardent, bien plus orageux, bien plus jaloux de ses droits d'homme que ne le fut jamais un peuple méridional échauffé au soleil de Rome ou d'Athènes.

. . . .

Il m'est prouvé que dans cette immense agglomération d'ouvriers on trouverait des architectes et des statuaires, de grands artistes inconnus, et qui attendent l'heure de la révélation pour donner à Manchester un art national. On voit déjà, dans cette partie de l'Angleterre, surgir une architecture jeune et timide, qui s'essaie par l'imitation et marche à l'originalité. On a déjà compris que la forme et la matière des monuments devaient s'harmoniser avec le ciel ; que le marbre de Carrare ou la pierre blanche frissonnaient dans le Nord ; que la colonne d'Ionie, les chevelures d'acanthe, les fûts gracieusement cannelés, avaient horreur de la pluie et des brouillards.

Ainsi, à Liverpool, autre ville qui s'avance vers un grand avenir, avec ses richesses, son commerce prodigieux, son intelligence et ses admirables femmes, à Liverpool on achève en ce moment le palais de la douane, palais cent fois plus beau que la Bourse de Paris. . . . .

. . . .

L'autre voisin de Manchester, Birmingham, est artiste comme Florence sous le dernier des Médicis ; Birmingham copie et crée : encore quelques années, il ne copiera plus. . . . .

. . . .

Manchester n'a rien encore à opposer à la douane

de Liverpool et aux deux édifices de Birmingham ; mais le jour que ce géant de l'invention prendra l'équerre et la truelle, il créera du premier coup un système d'architecture étonnant. Ce sera un jeu pour Manchester de remuer la pierre, de la ciseler, de l'équarrir, de la porter aux nues. . . . .

. . . .

Confiez donc des œuvres d'art à ces intelligences douées de la double organisation du calcul froid et de l'imagination vive, et vous verrez ce qui sortira de leurs mains. . . . .

. . . .

Je commençai à me réconcilier avec Manchester.

. . . .

Maintenant, c'est de toutes les villes d'Angleterre celle qui reste dans mes affections de souvenir ; en la quittant je lui ai dit : Au revoir !

MÉRY.

(*Guerre du Nizam.*)

Vaugirard, typographie d'Alfred Choisnet, rue de l'Église.

www.ingramcontent.com/pod-product-compliance
Ingram Content Group UK Ltd.
Pitfield, Milton Keynes, MK11 3LW, UK
UKHW021432090726
13657UKWH00003B/1044